KB069339

매니지
먼트의
제왕

매니지
먼트의
제왕 2

초판 1쇄 인쇄일 2017년 8월 14일 | **초판 1쇄 발행일** 2017년 8월 18일

지은이 펜쇼 | **펴낸이** 곽동현 | **담당편집 팀장** 이범수
편집부 신연제 김예리 이윤아 홍현주 김유진 조서영 임소담 정요한 김미경

펴낸곳 (주)조은세상 | 출판등록 제 2002-23호
주소 경기도 연천군 미산면 청정로 1355
TEL 편집부 02)587-2966 | FAX 02)587-2922
e-mail bukdu@comics21c.co.kr

펜쇼 ⓒ 2017
ISBN 979-11-6171-200-0 | ISBN 979-11-6171-198-0(set) | 값 8,000원

매니지먼트의 제왕

제왕

2

NEO MODERN FANTASY STORY

펜쇼 현대판타지 장편소설

북두
(주)조은세상

펜쇼 현대판타지 장편소설

NEO MODERN FANTASY STORY

CONTENTS

펜쇼 현대판타지 장편소설

NEO MODERN FANTASY STORY

CONTENTS

매니지먼트의 제왕

1장. 팬들을 위하여

2주 후.

〈테니스 스커트〉는 마침내 음원 차트 10위권 내에 진입했다.

가파른 상승세였다.

대시맨에서의 홍보 효과를 톡톡히 보고 있었다.

정호가 플럼 차트를 보며 생각했다.

'슬로우 브리즈가 스타덤에 올랐을 때보다도 빠른 속도다. 엄청나군. 역시 한유현의 곡인가?'

이런 가파른 상승세가 가능했던 것은 강여운의 활약도 활약이지만 곡의 영향력을 무시할 수 없었다.

'하나둘 노래를 들으며 입소문을 내기 시작한 거지.'

만약 곡이 좋지 않았다면 이런 효과가 나지 않았을 것이 불 보듯 뻔했다.

'한유현의 영입은 정말 신의 한 수였다. 앞으로도 청월의 기둥이 될 사람이야. 그나저나 요즘 부쩍 바빠졌는걸?'

정호는 최근 굉장히 일이 많아졌다는 사실을 실감했다.

밀키웨이가 여러 곳에서 섭외 요청을 받았기 때문이었다.

정호가 섭외 요청 목록을 살폈다.

'일단 예능은 거른다. 벌써 이미지를 소비할 필요는 없어. 이번 앨범에서 밀키웨이만의 확실한 이미지를 획득하고 나서 출연해도 늦지 않아.'

특히 버라이어티 같은 예능은 우선적인 기피 대상이었다.

자칫 잘못해서 버라이어티에서 이상한 캐릭터 같은 걸 얻게 되면 걸 그룹 이미지 자체에 타격을 받을 수 있었다.

'반응이 너무 없는 신인이라면 버라이어티도 나쁘지 않지. 하지만 밀키웨이는 빠른 속도로 잘 성장하고 있다. 굳이 버라이어티에 나가는 위험성을 감수할 필요는 없어.'

정호의 다른 섭외 요청을 확인했다.

'쩨지의 인터뷰 요청이라…… 잡지사 인터뷰라면 무난하지. 홍보 효과는 없지만 팬들에게 좋은 서비스가 될 수 있다. 인터뷰는 웬만하면 전부 오케이를 하는 것으로 하고…… 가만, 그리고 보니 팬 사인회를 한 번도 안 했네?'

보통 보이 그룹이나 걸 그룹은 앨범 판매량을 위해서 빈번하게 팬 사인회를 열었다.

그러면 팬들이 앨범을 잔뜩 사와서 사인을 받아가곤 했다.

이외에도 팬 사인회에서만 나올 수 있는 포옹이나 악수 등의 팬 서비스가 있었다.

하지만 이전까지 밀키웨이는 아직 팬클럽 자체가 활성화가 되지 않은 시점이라서 잠정적으로 팬 사인회를 보류 중인 상태였다.

'지금은 적기다. 앨범 판매량도 판매량이지만 팬 문화를 잘 정착시켜야 밀키웨이가 오랫동안 활동할 수 있어.'

정호는 이와 관련된 부분을 사내의 회의를 통해 상의하기로 했다.

팬 사인회를 열기 위해서는 홍보팀과 기획팀과의 연계가 반드시 필요했으니깐.

'오랜만에 황 팀장님과 권 팀장님을 뵈러 가볼까?'

밀키웨이는 차근차근 정호가 잡아둔 스케줄을 소화했다.

그리고 며칠 후 KBC의 '연예가소식'에 출연했다.

리포터가 질문하고 밀키웨이 멤버들이 답을 하는 형식의 간단한 인터뷰 방송이었다.

'연예가소식도 예능이라면 예능이지만, 이런 유의 예능이라면 환영이지.'

연예가소식은 다른 예능과는 달리 연예계 소식에 집중하는 면이 강했다.

가수라면 가수라는 역할, 배우라면 배우라는 역할에 집중하여 조명하는 식이었다.

그런 까닭에 연예가소식은 새로운 이미지 획득보다는 기존의 이미지를 강화하는 측면이 강했다.

"어때요, 밀키웨이 여러분? 요즘 인기를 실감하고 계신가요?"

"확실히 이전보다 다른 분들이 많이 알아봐……."

"요즘 바쁘죠? 스케줄은 어때요?"

"살짝 바쁘지만 늘 즐거운 마음으로……."

리포터가 몇 가지 질문을 했고 밀키웨이 멤버들은 능숙하게 잘 대답했다.

쩨지를 비롯한 여러 잡지사의 인터뷰를 이미 경험한 상태였기 때문에 질문 자체에 대답하는 건 어렵지 않아 하는 것 같았다.

하지만 방송이라는 것이 주는 부담감은 어쩔 수 없는 모양이었다.

리포터가 애드리브를 하면 하수아를 제외한 다른 멤버들은 거의 대답을 하지 못했다.

간간히 유미지가 리더로서 사명감을 갖고 입을 여는

정도였다.

오서연이나 신유나는 거의 말이 없었다.

한동안 질문지대로 잘 질문을 하던 리포터가 기습적으로 유미지에게 물었다.

"미지 양은 과거에 〈내 사랑 티라미수〉에 출연한 적이 있었죠?"

"네? 아, 네."

"그때 비난을 많이 받았던 걸로 기억하는데…… 어때요? 그때를 생각하면 아직도 막 치가 떨리나요?"

잠깐의 어색한 침묵.

"하하하. 전혀 그런 거 없어요."

"정말인가요? 그렇다면 〈내 사랑 티라미수〉에서 분량을 두고 신경전을 벌였던 강여운 씨와 공교롭게도 현재 같은 소속사에서 활동하게 됐는데. 두 분은 사이가 어때요?"

또 잠깐의 어색한 침묵.

"하하하. 그때도 사이가 나쁘지 않았지만 지금은 무척이나 좋은 편이에요. 제가 회사에서 제일 믿고 따르는 언니죠."

유미지는 단 한 점의 거짓말도 하지 않았지만 모든 얘기가 거짓으로 들릴 만큼 어색한 반응이었다.

'미지야…… 연기를 못하는 건 이해하지만 어째서 사실도 제대로 말하지 못하는 거니…….'

정호가 이마를 부여잡고 있을 때 리포터는 다음 질문으로 넘어갔다.

이번에도 리포터의 애드리브였다.

"멤버 중에 혹시 별명이나 애칭이 있는 사람 없나요?"

하수아가 번쩍 손을 들었다.

"손을 들 필요까진 없어요. 여긴 학교가 아니잖아요. 그래서 그 멤버가 누구죠?"

"유나요."

하수아를 바라보던 다른 멤버들의 눈에 의문이 가득 찼다.

신유나에게 애칭이나 별명이 있다는 말은 멤버들도 금시초문이었다.

"오! 신유나 양이군요. 어떤 별명인가요? 얼음 여왕, 뭐 이런 건가요?"

"아뇨."

"그럼?"

"유나의 별명은 퍼피예요."

신유나가 찌릿 하수아를 째려봤다.

그러자 하수아는 오서연을 흉내내며 신유나에게 말했다.

"그럼 못 써, 퍼피."

하수아의 귀여운 성대모사에 남자 스태프들이 아빠 미소를 지었다.

이후 리포터가 신유나에게 퍼피라는 별명이 생기게 된 계기를 자세히 물어봤다.

하수아는 입이 풀렸는지 맛깔나게 당시의 일화를 설명했다.

덕분에 촬영장 분위기가 밝아지면서 촬영이 한층 알차게 흘러갔다.

"이제 마지막 질문입니다. 각자 어떻게 해서 가수의 길을 걷게 됐는지 말해주세요. 먼저 하수아 씨부터."

네 사람이 가수가 된 계기는 전부 달랐다.

하나같이 기구했으며 동시에 독특하고 특별했다.

하지만 이 독특하고 특별한 이야기의 마무리에는 언제나 오정호의 이름이 나왔다.

"……과장님이 없었다면 저는 아마 연예계를 영영 떠나야 했을 거예요."

마지막 유미지의 말을 끝으로 인터뷰가 마무리됐다.

하지만 새로운 궁금증이 생겼는지 리포터가 참지 못하고 물었다.

"밀키웨이의 매니저가 어떤 분이기에 모두 이런 반응이죠. 혹시 매니저분이 협박이라도 한 건가요? 밀키웨이 매니저분 어디 있죠?"

리포터가 스태프 쪽을 바라보며 물었지만 아무도 손을 들지 않았다.

"이럴 때는 손을 들어 주셔야죠. 정 손을 들기가 어렵다면 학교라고 생각하고 손을 들어 주세요."

정호가 마지못해 손을 들었다.

정호를 발견한 리포터가 놀랐다.

"어…… 혹시 저분은…… 홍캐리 신화를 만들었던?"

카메라 한 대가 정호를 잡았다.

◇ ◆ ◇

밀키웨이의 공식 팬클럽, 유니버스는 난리가 났다.

팬 사업에 적극적이지 않던 청월 측에서 오랜만에 반가운 소식을 전했기 때문이었다.

바로 팬 사인회 공지였다.

조금씩 늘어나 어느새 7천 명이 된 팬들은 공지 게시판에 모여 댓글 잡담을 시작했다.

[드디어 청월이 일을 시작했습니다, 여러분!]

[오래 기다렸다…….]

[언니들 사랑해요!]

[유미지랑 드디어 악수를 할 수 있는 거냐? 실화냐?]

[앨범 다들 적어도 다섯 장씩 지참?ㅇㅇ]

[와~ 대박! 신유나 멀리서 봤을 때도 완전 인형이었는데!]

[어제 연예가소식 봤는데 하수아 개귀엽고 개웃김.]

[저 팬클럽 가입 처음이라서 그러는데 원래 팬 사인회를 이렇게 늦게 하나요?]

[ㄴㄴ청월이 게을러서 그럼.]

[솔직히 그렇게 늦은 것도 아님ㅋㅋ 신인 걸 그룹이니깐 ㅋㅋㅋ]

[네, 다음 청월 관계자.]

정호는 게시판의 반응을 살피고 있었다.

간간이 청월의 팬 사업이 늦었다는 지적도 있었지만 밀키웨이를 너무 아끼는 팬들의 오해였다.

딱 적당했고 딱 평균적인 수준이었다.

아마 팬들 입장에서는 많이 좋아한 만큼 오래 기다린 느낌이었을 것이다.

정호는 조금 더 댓글을 살피며 생각했다.

'생각보다도 반응이 좋은데? 계획대로 된다면 팬들에게 좋은 기억을 남길 수 있겠어.'

◇ ◆ ◇

밀키웨이 [테니스 스커트] 앨범 발매 기념 및 팬 감사 팬 사인회.

이게 밀키웨이 첫 사인회의 공식적인 명칭이었다.

참여 방법은 특별하지 않았다.

응모 기간 안에 사운드위버 분당점에서 밀키웨이 [테니스 스커트] 싱글 앨범을 구매하는 사람들에 한해서 200명을 추첨하는 방식이었다.

앨범 한 장이 곧 응모권 한 장이나 다름없었기 때문에

앨범을 많이 살수록 팬 사인회에 당첨될 확률이 높았다.

보통의 걸 그룹은 4~5장이면 무난하게 팬 사인회에 참여할 수 있다고 보는 편이었다.

탑급 보이 그룹의 경우 60장 정도를 구입해야 팬 사인회 참여가 가능했지만 신인 걸 그룹인 밀키웨이의 팬 사인회에 그 정도로 무리할 필요는 없었다.

밀키웨이 공식 팬클럽인 유니버스의 회원들도 앨범 다섯 장을 안정권으로 생각했다.

'순조롭군.'

참여자 추첨이 이뤄진 다음 날, 최종 앨범 판매량을 살펴보며 정호가 생각했다.

앨범 판매량은 딱 기대만큼 이뤄졌다.

많지도 않았고 적지도 않았다.

'참여 방법은 특별하지 않았다. 하지만 그렇다고 참여한 팬 사인회도 특별하지 않을 거란 보장은 없지.'

정호가 회심의 미소를 지었다.

팬 사인회 당일.

분당 AJ플라자 1층으로 팬들이 입장했다.

인력이 상당히 동원된 상태였다.

만일의 사태를 막기 위함도 있었지만 사진 및 동영상

촬영을 철저히 금지하기 위해서였다.

'다른 팬 사인회보다 더 철저히 할 필요가 있어. 정보 유출을 막아야 한다.'

정호가 입장하는 팬들을 둘러보며 생각했다.

잠시 후.

팬들의 입장이 끝났다.

밀키웨이가 등장할 차례였다.

밀키웨이의 등장 전 팬 하나가 홀 내부를 가리키며 말했다.

"잠깐만, 저거 근데 간이 무대 아니야?"

"어? 진짜네? 팬 감사 팬 사인회라더니 밀키웨이가 공연이라도 해주려나."

정답이었다.

홀 내부에는 팬들에게는 너무나도 익숙한 전주가 흘러나오기 시작했다.

"와! 대박!"

"우워워워!"

팬 사인회에 참여한 팬들이 간이 무대 앞으로 달려갔고 동원된 인력이 그들을 적절히 통제했다.

마침내 밀키웨이가 간이 무대에 등장했다.

언제 봐도 경쾌한 밀키웨이의 무대였다.

난도 높은 안무를 일치된 동작으로 시원시원하게 펼쳐내는 건 기본이었다.

유미지와 하수아가 안정된 보컬로 음을 잡아주면 오서연이 엄청난 랩으로 노래의 분위기를 환기시켰다.

이 정도만 해도 이미 훌륭한 걸 그룹이라고 할 수 있는데, 여기서 그치지 않고 신유나가 뛰어난 가창력으로 곡을 절정에 치닫게 했다.

그럼 훌륭하다는 애매한 평가는 쏙 들어가고 최고라는 소리가 바로 나왔다.

지금 팬들의 반응처럼.

"쩐다…… 내가 이 무대를 이렇게 가까이서 보게 되다니……."

"나 꿈꾸는 거 아닌가……."

하지만 여기서 끝이 아니었다.

정호가 사진 및 동영상 촬영 통제를 위해 인력을 다소 과도하게 충원한 이유가 곧 드러났다.

"안녕하세요, 밀키웨이입니다."

"밀키웨이입니다."

숨을 살짝 헐떡이며 밀키웨이가 인사를 하자 최고의 공연을 보여준 밀키웨이에게 팬들이 환호를 보냈다.

2장. 사람의 마음을 지키려면

리더인 유미지가 웃으며 말을 이었다.

"이렇게 밀키웨이의 첫 팬 사인회에 참여해주신 여러분께 진심으로 감사드립니다. 저희가 이번에 특별히 감사의 마음을 담아 이 무대를 준비했는데요. 하지만 이 무대는 여기서 끝이 아닙니다. 다음 미니 앨범의 타이틀곡이 될 곡을 지금 여기서 여러분께 처음으로 보여드리겠습니다."

유미지의 말에 팬들이 어리둥절해했다.

감사의 말까지는 이해했지만 유미지의 입에서 흘러나온 이후의 말들은 도저히 실감할 수 없었다.

사태를 파악한 어느 팬이 경악이 묻어나는 목소리로 말했다.

"무슨 말이야, 지금? 다음 앨범의 타이틀곡을 지금 여기서 공개하겠다는 거야?"

이 자리에는 밀키웨이로 처음 팬 문화에 입성한 사람도 없지는 않았지만, 대부분 팬들은 다른 팬덤에 있다가 밀키웨이로 옮겨온 것이었다.

그 말은 곧 이 팬들은 이미 여러 번의 팬 사인회를 겪어 봤다는 뜻이었다.

하지만 그 많은 팬 사인회 중에서도 이런 파격적인 감사 무대 같은 건 없었다.

팬들의 반응을 살피며 정호가 속으로 웃었다.

'나도 이런 팬 사인회를 준비하게 될 줄은 몰랐다. 일단 한유현이 아니라면 이렇게 빠른 시간 안에 이런 곡을 만들지 못했겠지. 우리 애들의 곡 소화 능력도 최고 수준이고. 이 감사 무대는 모든 조각이 잘 맞춰진 결과물이다.'

팬들의 놀란 표정 위로 낯선 전주가 흘러나왔다.

그렇게 팬들만을 위한 밀키웨이의 새로운 무대가 시작됐다.

모든 공연이 끝나고 10분 후, 팬 사인회가 시작됐다.

걸 그룹 팬 사인회는 진상 팬이 많기로 유명했다.

"왜 이렇게 살이 쪘냐?", "실물은 더 못생겼다."라는 식으로 비난을 한 뒤 걸 그룹 멤버가 울면 운다고 욕하고 웃으면 웃는다고 욕하는 일 같은 게 종종 일어났다.

'다행히 이번 팬 사인회에는 그런 사람들이 참여하지 않은 모양이군.'

팬 사인회가 절반 정도 진행됐을 때 정호가 주변을 둘러보며 생각했다.

팬 사인회는 단 한 번도 삐걱거림 없이 순조롭게 진행됐다.

진상 팬이 없는 것도 삐걱거림이 없는 중요한 이유였지만, 밀키웨이 멤버들이 딱히 흠잡을 곳이 없다는 것도 팬 사인회가 순조롭게 진행되는 이유 중에 하나였다.

유미지, 오서연, 하수아, 신유나는 어느 걸 그룹에 들어가도 센터 자리를 떡하니 차지할 인재들이었다.

외모와 몸매, 그리고 팬 서비스까지. 그들은 완벽한 아이돌이었다.

'무사히 끝나면 좋을 텐데……'

하지만 전혀 문제없이 팬 사인회가 끝나지는 않을 모양이었다.

맨 오른쪽 끝에서 사인을 하던 신유나가 갑자기 정호에게 손짓했다.

정호가 신유나에게 다가갔다.

"무슨 일이야, 유나야?"

신유나가 작은 목소리로 대답했다.

"과장님, 제가 방금 사인해준 사람 이상해요."

"뭐가?"

"안경을 쓰고 있었는데 렌즈가 조금 뿌옇고 제 몸을 쭉 훑는 게 안경 카메라를 쓰고 있는 거 같았어요."

"정말?"

신유나는 대답 대신 고개를 끄덕였다.

"알겠어. 내가 처리할게. 너는 지금처럼 계속 사인을 하도록 해."

정호는 방금 신유나가 사인을 해준 사람에게 다가갔다.

"저기요, 실례하겠습니다. 죄송하지만 혹시 안경을 좀 확인해도 되겠습니까?"

◇ ◆ ◇

신유나의 생각대로 그 남자는 안경 카메라를 쓰고 있었다.

정호는 안경 카메라를 제 값을 주고 구입하는 쪽으로 일을 처리했다.

정호에게 쌍욕과 맹비난을 퍼부을 정도로 남자의 저항이 완강했지만 사전 절차와 안내가 확실한 상황이었기 때문에 일을 원하는 쪽으로 처리하는 것에는 전혀 문제가 없었다.

정호는 안경 카메라를 구입하는 과정에서도 거듭 사과를

하는 걸 잊지 않았다.

잘못은 저쪽이 했지만 고개를 숙여야 하는 건 이쪽임을 잊어서는 안 됐다.

그게 매니저의 역할이었다.

그렇게 상황이 정리됐다.

그날 밤.

'그래도 유나가 상황을 잘 대처했어. 만약 사인을 하는 도중에 안경 카메라를 압수하려고 했으면 분명 홀에서 난동을 부리며 유나에게 해코지를 하려고 했을 거야. 이럴 때는 웃으며 사인을 해준 후에 나중에 안경 카메라는 압수하는 게 낫지.'

정호는 신유나에 대처에 내심 뿌듯해했다.

'결과적으로 아주 훌륭한 팬 사인회가 됐군. 그럼 이제 팬들의 반응을 좀 살펴볼까? 어…… 이게 뭐야?'

팬 사인회가 무사히 끝났다고 봤던 정호의 생각과는 달리 팬들이 반응이 심상치 않았다.

[대박. 그럼 신유나는 웃으면서 속으로는 '이 새X를 어떻게 조지지?' 이런 생각을 하고 있었던 건가? 소름.]

[연예인은 겉과 속이 다르다고 들었지만 우리 밀키웨이가…… 실망입니다, 정말]

[매니저도 웃기지 않냐? 미리 발견하지 못한 지들 책임이지 나중에 와서 당당히 압수하겠다고 말했다고?]

[연예가소식 보니깐 밀키웨이 매니저가 홍캐리의 신화의 그 매니저라던데. 홍캐리를 만든 게 자기라고 너무 목이 뻣뻣한 거 아니냐?]

[이게 무슨 소리야ㅋㅋㅋ 당연히 안경 카메라를 쓰고 들어간 놈이 잘못한 거지ㅋㅋㅋ]

[ㄴ유나야, 여기서 이러면 안 된다.]

[신유나, 표정부터가 마음에 안 들었다. 차가운 척 진짜 개짜증나.]

[ㅇㅇ솔직히 중2병 걸린 애 같음.]

정호는 팬들의 반응을 보며 놀랐다.

'얘기가 이렇게 흘러간다고?'

신유나를 옹호하는 쪽이 없지는 않았다.

하지만 신유나의 겉과 속이 다름을 비난하는 쪽의 반응이 더 거셌다.

'유나였던 것이 잘못된 걸까?'

평소 뾰로통한 표정을 짓고 있는 신유나는 종종 차갑다는 비난을 받곤 했다.

아마 그런 이미지가 나쁜 쪽으로 작용한 것 같았다.

'안 되겠다. 이 방법을 써야겠어.'

—시간을 결제하시겠습니까?

"물론이다."

―결제되었습니다. 당신이 원하는 시간을 얻습니다.

[결제한 포인트 : 240 / 남은 포인트 : 24280]

시간을 결제하여 돌아온 정호는 홀의 입구에 있었다.

입장하던 팬들을 살피던 그때인 것 같았다.

'안경 카메라를 쓰고 있는 그 남자는 어딨지? 벌써 입장한 건가?'

정호가 홀의 내부로 들어가 살폈지만 아무도 없었다.

줄을 서서 입장을 기다리고 있는 팬들 중에서도 안경 카메라를 쓴 그 남자는 보이지 않았다.

'화장실로 가보자.'

정호는 남자 화장실로 달려갔다.

4개의 변기 칸 중에서 단 하나의 변기 칸만이 문이 닫혀 있었다.

그곳에서 한참 부스럭거리는 소리가 나더니 한 남자가 변기 칸의 문을 열고 나왔다.

그 남자였다.

정호는 손을 씻는 척 남자를 쳐다봤다.

화장실 밖으로 나가던 남자가 정호의 시선을 의식한 듯 정호에게 시선을 돌렸다.

하지만 정호가 잽싸게 남자를 모른 척했다.

남자가 고개를 갸웃거리며 화장실 밖으로 나갔다.

정호가 따라서 나가 보니 남자는 홀 안으로 입장하고 있었다.

그때 정호가 남자를 불렀다.

"저기요, 실례합니다. 혹시 그 안경 쓰고 거기 들어가려는 거 아니죠?"

사건은 이전보다 쉽게 해결됐다.

남자는 저항 없이 안경 카메라만 압수당한 채 팬 사인회를 즐겼다.

'이전의 시간에서 남자가 난동을 부린 건 그날 찍은 게 아까웠기 때문인가.'

정호가 생각에 빠진 사이 이번에도 밀키웨이의 감사 무대는 성공적으로 끝이 났다.

잠시 후, 사인회가 시작됐다.

안경 카메라는 뺏겼음에도 불구하고 남자는 유나 쪽으로 사인을 받으러 갔다.

팬심만큼은 악의가 있는 것 같지는 않았다.

남자에게 사인을 해주는 유나의 표정도 밝고 경쾌했다.

'차 안에서는 뾰로통한 표정을 짓곤 하지만 팬들을 사랑하는 마음만큼은 다른 멤버 못지않지.'

자신이 존재할 수 있는 이유를 누구보다도 절절하게 아는 신유나였다.

그렇기 때문에 팬을 대하는 신유나의 밝고 경쾌한 표정

에는 한 치의 거짓도 없었다.

'저 아이의 저 얼굴을 지켜주는 게 나의 임무겠지.'

정호가 이번만큼은 정말 성공적으로 끝날 팬 사인회를 바라봤다.

오점 없는 밀키웨이만의 팬 문화가 조금씩 그렇게 자리를 잡고 있었다.

◇ ◆ ◇

N.net의 어느 회의실.

그곳에서는 아이돌 리얼리티 방송을 전문적으로 다루는 팀의 회의가 이뤄지고 있었다.

"역시 모든 면을 고려해 봤을 때 가장 좋은 그룹은 밀키웨이라고 생각합니다."

메인 작가로 보이는 여자가 입을 열었다.

"저번 분기에 방영된 블루 핑크 TV에 비하면 좀 약하지 않을까요?"

담당 피디가 반문했다.

확실히 YJ에서 야심차게 준비했던 걸 그룹 블루 핑크에 비하면 밀키웨이는 손색이 있었다.

청월이라는 소속사의 네임 밸류도 크지 않았고 밀키웨이가 블루 핑크처럼 데뷔를 하자마자 각종 음원 사이트 및 음악 방송의 1위를 석권한 걸 그룹도 아니었다.

"하지만 다른 그룹은 마땅하지가 않습니다. 플럼 차트 10위 안에 드는 그룹들은 이미 전부 아이돌 리얼리티 방송을 찍은 바 있는 상태예요. 아이돌 리얼리티 방송을 찍은 적 없는 그룹들은 10위 안에 들지도 못하고 있고요."

"소녀세상은요? 걔네는 아이돌 리얼리티 방송 안 찍었잖아요."

담당 피디의 물음에 메인 작가가 허, 하고 실소를 흘렸다.

"걔네들이 아이돌 리얼리티 방송이 필요할까요?"

"저도 필요하지는 않을 거라고 생각해요. 하지만 국장님의 지시 사항입니다."

"실현 불가능한 지시에 따르지 않을 정도의 배짱은 가지셔야죠. 이 정도는 담당 피디의 필수 덕목이지 않을까요?"

담당 피디가 어깨를 으쓱했다.

소녀세상이 가능할 거라고는 담당 피디도 생각하지 않았다.

솔직히 그냥 한번 떠본 거였다.

"그래도 밀키웨이는 좀 약한 거 같은데……."

"모든 부분이 부정적인 건 아니에요."

"그럼 긍정적인 부분을 말해주세요. 저도 긍정적인 생각, 좋아하거든요."

그러자 메인 작가가 한 장의 종이를 꺼내 보였다.

종이에는 한 인터넷 신문사의 기사가 프린트되어 있었다.

밀키웨이가 팬 사인회에서 이번 미니 앨범의 타이틀곡을 선공개했다는 내용의 기사였다.

"오…… 이런 일이 있었군요……."

"딱 스토리 나오죠?"

담당 피디가 고개를 끄덕였다.

"딱 그림 나오네요. 미니 앨범 준비부터 첫 무대까지 그려내는 아이돌 리얼리티 방송이

나오겠군요."

메인 작가가 고개를 끄덕였다.

"맞아요. 바로 그거예요."

◇ ◆ ◇

"……네, 감사합니다. 회사 내부 회의를 통해 긍정적으로 검토해 보겠습니다. 최대한 빨리 연락드리죠."

딸깍.

정호는 전화를 끊으며 생각했다.

'생각보다 입질이 빨리 왔군. 아이돌 리얼리티 방송이라…… 좋은 기회다.'

정호가 팬 사인회에서 미니 앨범 타이틀곡을 먼저 공개한 목적은 단순히 독특한 팬 문화 정착에만 있는 것이 아니었다.

'화젯거리를 만들어 새로운 기회로 삼는 것. 이것만큼 좋은 전략은 없지.'

팬 사인회에서 미니 앨범 타이틀곡을 선공개한 것은 이전의 시간에서 이미 쓰인 적 있는 성공이 보장된 전략이었다.

'투투에서 라라리스라는 걸 그룹을 띄울 때 사용했지.'

라라리스는 밀키웨이처럼 플럼 차트 10위권 내에 들었지만 실력이나 화제성 면에서 부족함이 많았다.

그때 투투는 라라리스를 띄우기 위해 팬 사인회에서 미니 앨범 타이틀곡을 선공개하는 초강수를 두었다.

이 전략은 완벽하게 주효했다.

그해 라라리스는 아이돌 리얼리티 방송을 따냈고 이 방송에서 팬층을 두텁게 만들어 미니 앨범 타이틀곡으로 모든 음원 사이트 및 음악 방송의 1위를 차지했다.

'이번 방송은 라라리스가 그랬던 것처럼 미니 앨범 준비 기간부터 첫 공연까지 다뤄지겠지? 일단 정 실장님께 상황을 보고하는 게 좋겠군…….'

정호는 정 실장에게 전화를 걸었다.

"오정호입니다. N.net에서 전화가 왔습니다. 일전에 말씀드렸던 대로 아이돌 리얼리티 방송에 출연하게 될 것 같습니다……."

3장. 주부 오서연?

"······그렇게 아이돌 리얼리티 방송의 출연이 결정됐
다."

정호가 밀키웨이 멤버들을 모아두고 말했다.

정호의 말을 듣고 밀키웨이 멤버들의 표정이 밝아졌다.

다음 주 공연을 끝으로 이번 앨범의 활동을 끝내고 휴식
기에 들어갈 예정이었기 때문에 밀키웨이 멤버들은 내심
불안해하고 있었다.

어렵게 얻은 인기가 휴식기 사이에 사라질까봐 걱정이
됐기 때문이었다.

미니 앨범의 타이틀곡을 선공개를 한 것도 밀키웨이 멤
버들이 불안해하는 요인 중에 하나였다.

31

겨우 200명이지만 미리 공개가 된 만큼 관심도가 덜할 것 같다는 생각이 들었던 것이다.

"앨범 준비를 하면서 방송을 한다는 건 아마 생각보다 피곤한 일이 될 거다. 조금이라도 쉬어야 하는 시간에 한마디라도 멘트를 해야만 하는 상황이 펼쳐질 테니깐. 하지만 다들 할 수 있겠지?"

밀키웨이 멤버들은 고개를 끄덕였다.

앨범 활동을 하면서 아이돌 리얼리티 방송을 하는 경우도 더러 있었다.

이 정도 어려움을 감수하지 못할 이유가 없었다.

그때 하수아가 손을 들었다.

꼭 그럴 필요가 없는데도 손을 들고 말하는 게 습관이 된 하수아였다.

"응, 수아야. 할 말 있니?"

"근데 저희 예능 출연 안 하기로 한 거 아니었나요?"

확실히 가질 수 있을 만한 의문이었다.

정호는 밀키웨이의 이미지 손상을 막기 위해서 최대한 예능 출연을 막고 있었다.

그리고 왜 그렇게 하는지에 대해서 밀키웨이 멤버들에게 상세한 설명을 해둔 상태였다.

"맞는 말이야. 분명 그런 얘기를 했었지. 하지만 이제 상황은 달라졌다. 너희는 이번 앨범 내내 예능 출연을 피하며 이미지를 쌓는 데 주력했다. 그리고 그것도 다음 주 공연이면 끝이지."

"그건 다음 앨범부터는 예능 출연이 가능하다는 얘기인 가요?"

"정확히는 다음 앨범 준비부터. 아이돌 리얼리티 방송을 시작으로 예능에 조금씩 너희들이 노출될 예정이야. 그러니깐 다들 예능감을 장착해두는 게 좋겠지?"

정호의 말에 하수아가 환호했다.

연예가소식 출연을 계기로 예능에 자신감이 붙은 하수아였다.

실제로 밀키웨이 팬들은 하수아를 어째서 예능에 출연시키지 않는지 심심하면 의문을 표하고 있는 실정이었다.

'수아도 내심 답답했겠지. 자신의 장점을 뽐내지 못하는 기분이었을 테니깐.'

정호는 이렇게 생각하며 다른 멤버들의 표정도 살폈다.

다른 멤버들은 잔뜩 긴장을 하고 있었다.

정호가 빙그레 웃으며 다른 멤버들을 위로했다.

"다들 잘할 수 있을 거야. 특히 아이돌 리얼리티 방송은 딱히 무리를 하지 않아도 돼. 너희들의 있는 그대로의 모습을 보여주면 되는 거야. 아…… 유나는 평소보다는 좀 웃는 게 낫겠다."

정호의 말이 불만스러운지 신유나가 볼을 부풀리며 말했다.

"있는 그대로의 모습을 보여주면 된다면서요."

그러자 하수아가 끼어들었다.

"있는 그대로의 모습만 보여주면 유나, 네 카메라는 정지 화면으로 나올걸?"

신유나를 놀리면 가장 좋아하는 사람은 오서연이었다.

이번에도 오서연은 웃음을 참지 못하고 낄낄거렸다.

"낄낄낄."

유미지가 오서연을 어이없다는 눈으로 쳐다봤다.

오서연의 웃음소리는 확실히 기괴한 면이 있었다.

뿐만 아니라 타이밍도 늘 조금씩 엇나갔다.

정호가 오서연에게 말했다.

"서연아, 너는 웃지 않는 게 좋겠다. 평소보다 더."

밀키웨이 TV, 1주 차.

지지직.

카메라 화면에는 유미지의 얼굴이 클로즈업 됐다.

"이렇게 하는 건가? 수아야, 이거 이렇게 하는 거 맞아?"

화면에는 하수아가 잡히지 않고 하수아의 목소리만 들렸다.

"언니, 카메라를 좀 멀리해서 잡아요. 그러다 잡티 다 나오겠다."

화면에는 잡티 하나 없는 꿀피부만 잡혔지만 유미지는

보이는 것과는 달리 피부에 자신이 없는 모양이었다.

"어머, 그럼 안 되지. 이렇게 하면 되려나?"

간신히 화면이 정상적인 위치에 놓였다.

유미지가 카메라를 보며 인사했다.

"안녕하세요, 시청자 여러분. 밀키웨이의 리더 유미지입니다. 이곳은 저희의 연습실인데요. 연습실에서 연습을 하는 밀키웨이 멤버들을 소개하도록 하겠습니다. 먼저 밀키웨이의 메인 보컬이자 귀여운 막내인 신유나 양의 가창력을 구경하실까요?"

카메라를 든 채 유미지는 신유나한테 다가갔다.

"유나야, 노래 좀 불러봐."

"싫어요. 방금 불렀어요."

"아이~ 한 번 불러봐. 이거 촬영해야 한단 말이야."

"싫어요. 오늘 벌써 같은 곡을 오십 번도 넘게 불렀어요."

그렇게 말을 하더니 신유나는 벌러덩 연습실 한가운데 누워 버렸다.

"어서 일어나봐, 유나야~ 촬영해야 한다고~"

"싫어요. 졸려서 좀 쉴래요."

"유나야아~"

멀지 않은 곳에서 이 모습을 지켜보던 하수아가 끼어들었다.

"언니, 그냥 AR 틀어요. 어차피 유나는 AR이랑 똑같이 부르잖아요."

"그래야 하나? 근데 그래도 되나?"

"아닌가……? 이렇게 하면 유나 실력이 확인이 안 되나……?"

신유나가 누워서 바보가 되어 버린 두 사람을 한심하다는 듯 올려다봤다.

유미지와 하수아, 두 사람이 머리를 긁적였다.

그러다 뭔가가 떠올랐는지 하수아가 외쳤다.

"아, 맞아! 그럼 이렇게 하면 되겠다!"

하수아는 어디론가 달려갔고 오서연을 데려왔다.

천적인 오서연이 등장하자 신유나가 긴장하며 말했다.

"퍼피라고 부르지 마요."

아니나 다를까.

오서연이 누워 있는 신유나를 내려다보며 말했다.

"그럼 못 써, 퍼피!"

"으아아악!"

짜증이 난 신유나가 소리를 지르자 유미지가 카메라에 대고 말했다.

"봤죠, 여러분? 이게 메인 보컬이자 막내인 신유나 양의 엄청난 가창력입니다."

◇ ◆ ◇

밀키웨이 TV, 3주 차.

유미지는 어디론가 이동을 하며 카메라에 대고 말했다.

"이분을 만나면 신유나 양은 나름 카메라한테 친절한 편이라는 걸 알게 될 거예요. 자, 소개하겠습니다. 카메라 공포증이 있는 밀키웨이의 매니저 오정호 과장님입니다!"

사무실 한쪽에서 섭외 요청 목록을 확인 중이던 정호는 유미지의 말에 깜짝 놀랐다.

"아이고, 미지야! 나는 찍지 말아줘……."

"왜요, 과장님? 이미 TV에 몇 번이나 나오지 않으셨나요?"

"내가 나오고 싶어서 나온 건 아니었어……. 그러니깐 찍지 마……."

"정말요?"

"응……."

그러자 유미지가 카메라에 대고 말했다.

"봤죠, 여러분? 저희 과장님이 이 정도로 카메라를 싫어합니다."

"야, 미지야……."

"연예인 매니저가 이렇게나 카메라를 싫어한다니 굉장히 놀랍지 않나요?"

"평범한 거야, 평범한 거. 내가 연예인이 아니고 연예인 매니저인데 카메라를 꼭 좋아할 필요가 있나……."

"그래도 과장님은 그 정도가 심하잖아요."

"평범한 거라니깐."

그때 마침 그 앞을 지나치던 하수아가 유미지의 카메라에 등장했다.

"오오! 우리 과장님을 찍고 계셨군요? 근데 이건 무조건 편집되겠는데요?"

◇ ◆ ◇

5주 차.

방 안에 미리 설치된 카메라들이 갑자기 켜졌다.

카메라에 비춰지는 멤버들은 없었다.

아침 일찍 전부 연습을 위해서 연습실로 떠난 상태였다.

정적이 15초 정도 이어졌다.

아무도 없을 거라고 생각했던 숙소에서 인기척이 난 것은 그때였다.

오서연과 신유나의 방이었다.

침대의 이불보가 들썩거렸고 잠시 후 이불보를 걷으며 오서연이 등장했다.

오서연은 몸을 반쯤 일으켰지만 이내 다시 잠깐 잠이 들었다.

몸이 무거운지 일어나기가 힘든 것 같았다.

5분 정도의 시간이 지났을까.

오서연이 눈을 뜨고 다시 길게 하품을 했다.

하품을 한 뒤 오서연이 중얼거렸다.

"일어나야지."

간신히 침대를 벗어난 오서연은 어디서 힘이 났는지 경쾌하게 움직이기 시작했다.

먼저 자신의 침대 정리부터 했다.

침대 정리가 끝나자 신유나의 침대도 정리했다.

그게 끝이 아니었다.

유미지와 하수아 방의 침대에도 오서연의 손길이 닿았다.

한두 번 해본 게 아닌 듯 능숙한 솜씨였다.

침대 정리를 시작으로 오서연은 본격적인 숙소 청소를 시작했다.

청소기를 돌렸고 걸레질을 했다.

화장실 청소와 설거지도 잊지 않았다.

밥솥을 확인하더니 밥을 하고 반찬도 뚝딱 그 자리에서 두 가지나 만들었다.

모습이 꼭 영락없는 전업 주부였다.

"이쯤이면 됐나? 빨래는 내일 해야겠다."

이 모든 걸 끝내고 나서야 오서연이 씻고 나갈 준비를 했다.

◇ ◆ ◇

밀키웨이 TV의 시청율은 1퍼센트대 정도로 높지도 낮지도 않은 수치였다.

하지만 다시보기 등으로 다양하게 소비가 꽤 되었기 때문에 이 방송을 계기로 밀키웨이의 팬이 된 사람들의 숫자는 적지 않았다.

특히 밀키웨이가 미니 앨범 타이틀곡을 부르는 첫 무대 장면은 순간 시청율이 2퍼센트대로 훌쩍 뛰어오르기도 했다.

[우리 수아, 너무 발랄하지 않나요? 1화에서 오서연 불러오는 거 보고 빵 터졌음ㅋㅋㅋ]

[하수아가 웃긴 건 인정ㅇㅇ]

[근데 유미지는 의외더라ㅋㅋ 밀키웨이 매니저를 꽤나 잘 놀리던데?ㅋㅋㅋㅋ]

[둘이 친해 보였음ㅋㅋㅋㅋ 방송에서는 늘 로봇 같던데 유미지가 친한 사람이랑은 잘 지내는 모양이네요ㅋㅋ]

[미지가 멤버들 잘 챙기고 발랄한 거 팬들은 이미 다 알죠ㅎ]

[근데 솔직히 나는 오서연이 젤 감동이었다……. 멤버들 다 가고 나면 혼자 청소하고 그랬다니…….]

[그 장면에서 유니버스 전부 오열ㅠㅠ]

[유니버스가 뭐냐?]

[ㄴ밀키웨이 공식 팬클럽 이름입니다ㅎ]

[첫 무대에서 신유나가 개오졌다……. 노래 실력 진짜더라…….]

[유나, 너무 좋아…… 퍼피, 퍼피, 우리 막내ㅠㅠ]

[주부 오서연은 아무리 생각해봐도 감동의 대반전이다!]

"확실히 이번 밀키웨이 편은 성공이라고 봐야겠네요."

아이돌 리얼리티 방송의 메인 작가가 시청자의 반응을 살피다가 입을 열었다.

"무엇보다도 주부 오서연 편이 대박을 냈지요. 순간 시청율이 첫 무대 장면만큼 나왔어요."

담당 피디가 메인 작가의 말에 동의했다.

전체적으로 팬과 인지도가 늘어났다는 성과 외에도 오서연의 이미지가 좋아졌다는 게 이번 아이돌 리얼리티 방송으로 얻은 밀키웨이의 추가적인 이득이었다.

"주부 오서연 편의 아이디어를 낸 게 밀키웨이 매니저라고요? 소문으로 듣긴 했지만 진짜 이런 연출력이라니……정말 대단하네요."

메인 작가가 혀를 내둘렀다.

"보통내기가 아니더군요. 가능하다면 그가 담당하는 연예인이 또 제 방송에 나왔으면 좋겠어요. 아이디어 짜내려고 고민할 필요가 없게."

담당 피디가 당시의 일을 회상하며 빙그레 웃었다.

"전 솔직히 밀키웨이 매니저가 피디님을 설득한 게 더 놀라워요. 우리 피디님 고집이야말로 보통내기가 아닌데……."

메인 작가가 담당 피디에게 빈정거렸다.

담당 피디가 어깨를 으쓱하며 대꾸했다.

"뭐…… 대단한 설득을 한 건 아니에요. 그는 그냥 한마디만 했죠."

"그게 뭔데요?"

"멤버들이 전부 연습실에 도착했다고 생각했을 때 숙소에 카메라를 한번 켜보세요. 그럼 대단한 그림이 나올 겁니다."

메인 작가가 아, 하고 감탄을 했다.

하지만 잠시 후 메인 작가가 담당 피디에게 다시 한 번 빈정거렸다.

"그럼 여태까지 연습실에 오서연 양이 오지 않았다는 걸 몰랐던 거예요?"

"알았죠. 근데 그렇게 늦은 시간까지 숙소에 남아서 그런 일을 하고 있을 줄은 몰랐어요. 그건 밀키웨이 매니저만 신경 쓸 수 있는 일이었죠."

"밀키웨이 매니저가 우리 방송을 살린 셈이네요."

"그런 셈이죠."

밀키웨이 TV 이후로 오서연은 '래퍼 오서연'이라는 명칭보다 '주부 오서연'이라는 명칭으로 더 자주 불렸다.

주부 오서연의 탄생이었다.

4장. 민봉팔의 부사수

정호는 미니 앨범 준비가 한창인 밀키웨이의 안무 연습
실로 가던 중이었다.

미니 앨범 〈피아노 레인〉의 컴백 무대가 코앞이었기 때
문에 최종적으로 연습 상태를 확인할 필요가 있었다.

그렇게 안무 연습실을 향해 걷고 있는데 누군가 정호를
불렀다.

"어, 정호야!"

익숙한 목소리를 듣고 생각에 빠져 있던 정호가 고개를
들었다.

"아, 봉팔이구나. 어디 가? 여운이 스케줄?"

"그렇지, 뭐. 너는?"

두 사람은 간단히 근황에 대해서 얘기를 나눴다.

최근 정호는 강여운의 스케줄을 거의 처리하지 않았다.

한동안 밀키웨이에 집중하라는 윤 부장의 특별 지시였다.

'여운이가 직접 윤 부장님에게 그렇게 해달라고 부탁을 했다고 했지? 여운이가 이번에 홀로서기를 하려고 독하게 마음을 먹었나 보군.'

그렇게 정호와 민봉팔은 마주칠 일이 줄어들었고, 가자의 일로 워낙 바빴기에 얘기를 나눌 시간이 거의 없었다.

한참 대화를 나누다가 정호가 뭔가가 생각났는지 민봉팔에게 물었다.

"아, 맞아. 이번에 회사에서 인력 충원한다고 뽑은 신입 중에 여운이 매니저로 배정받은 애 있다며? 그럼 너 부사수 생긴 거네? 어때? 괜찮아?"

"뭐, 그냥…… 아직은 어리바리하지……."

"그래, 재밌겠는데? 이름이 뭐야?"

◇ ◆ ◇

"안녕하세요, 신입 매니저 김만철이라고 합니다! 잘 부탁드립니다!"

이번에도 허탕이군요.

한 남녀가 벤에서 내리길래 분명 제가 담당하는 연예인과 저의 멘토가 되어주실 선배님이 내린다고 착각해 버렸습니다.

"아…… 사람은 착각하신 모양이네요. 제 이름은……."

"네네, 죄송합니다."

이게 몇 번째 착각인 줄 모르겠네요.

분명 경비 아저씨가 지하 주차장으로 가서 기다리면 된다고 했는데 제가 뭔가를 잘못 알아들은 걸까요?

여기서 한 시간을 기다리는 동안 저는 수십 명에 사람들에게 인사를 하고 말았습니다.

이건 인사를 하는 저도 곤란하고 인사를 받는 그분들도 곤란한 일이네요.

도무지 이보다 곤란할 수가 없습니다.

원래 신입 매니저는 이런 절차를 전부 겪는 거겠죠?

그게 아니라면 너무 부끄러워서 확 죽어버리고 싶을 뿐입니다.

어떻게 해야 할까요?

지금이라도 다시 경비 아저씨에게 돌아가서 '지하 주차장'이라는 불특정하고도 애매한 장소가 아니라 '지하 주차장의 어디, 어디'라는 확실한 대답을 듣고 돌아와야 하는 게 아닐까요?

하지만 그사이에 벤 한 대가 들어와서 제가 담당하는 연예인과 저의 멘토가 되어주실 선배님을 내려놓고 떠난다면 저는 어떻게 되는 걸까요?

저는 너무나도 고민스러워서 답을 내지 못하고 왔다 갔다 지하 주차장만 배회했습니다.

그러길 10분, 결국 저는 참지 못하고 자리를 벗어나기로 마음을 먹었습니다.

아무리 생각해도 경비 아저씨에게 다시 정확한 장소를 확인하는 게 나을 것 같았기 때문입니다.

그런데 그때, 벤 한 대가 들어왔습니다.

저는 주차가 되는 벤을 보며 잠시 망설였지만 이번까지만 인사를 해보자고 마음을 먹었습니다.

먼저 벤의 뒷좌석에서 누군가가 내렸습니다.

"안녕하세요, 신입 매니저 김만철이라고 합…… 헉!"

저는 이번에도 큰 소리로 인사를 하려고 했지만 도무지 그럴 수가 없었습니다.

뒷좌석에서 내린 여인이 너무나도 아름다워서 말문이 막혀버렸기 때문입니다.

"어머, 안녕하세요? 이번에 새로 오신 매니저님이신가요?"

아름다운 여인은 성격까지 좋은 걸까요?

저에게 너무나도 친근하게 말을 걸어주는 여인으로 인해 다시 한 번 말문이 막힐 뻔했지만 간신히 말문을 열어 여인 앞에 말을 꺼내 놓았습니다.

"네, 네."

겨우 수준 미달의 한마디 대답이었지만요.

하지만 여인은 저의 이런 수준 낮은 멘트에도 웃음을 지으며 대답해 줬습니다.

"잘됐다. 너무 반가워요. 제가 아는 누구와는 다르게 굉장히 표정도 많고 성격도 부드러워 보이네요."

이 아름다운 여인의 말에서 등장한 '제가 아는 누구'가 어떤 사람인지는 알 수 없었습니다.

하지만 형편없는 사람이 분명할 거라는 생각이 들었습니다.

제가 뱉어낸 한마디 말을 두고 굉장히 표정도 많고 성격도 부드러워 보인다고 표현할 정도라면 말입니다.

가만, 그나저나 이 여인, 계속 보다 보니 왠지 낯이 익습니다.

낯익은 얼굴을 가진 아름다운 여인을 우연히 만난다면 그건 첫눈에 반한 거라고 누군가에게 들은 기억이 있는데 혹시 제가 사랑에 빠진 걸까요?

아닙니다.

어쩌면 진짜 어디선가 만난 적이 있는데 못 알아보는 걸 수도 있을 겁니다.

그래서 저는 확인을 위해 여인에게 물으려고 했습니다.

"혹시 저희 어디선가 뵌 적……."

누군가가 끼어드는 바람에 그러지 못했지만요.

"여운아, 안 들어가고 뭐 해? 어서 올라가서 새 작품 골라야 한다니깐? 응? 그쪽은 누구세요?"

저는 갑자기 등장한 굉장히 촌스럽게 생긴 남자의 얼굴 때문에 인상을 찌푸릴 뻔했지만 신입 매니저다운 자세로 질문에 대답했습니다.

"안녕하세요, 신입 매니저 김만철이라고 합니다! 잘 부탁드립니다!"

그러자 굉장히 촌스럽게 생긴 남자가 반응을 보였습니다.

"아아, 이번에 새로 들어온다는 여운이 담당 매니저분이시군요."

"여운? 설마, 강여운?"

저는 제가 담당할 연예인이 강여운이라는 사실에 놀라서 자빠질 뻔했습니다.

동시에 어째서 이 아름다운 여인이 눈에 익었는지 알아차릴 수 있었죠.

첫눈에 반한 게 아니라니 아쉬웠습니다.

그렇게 제가 깜짝 놀라며 아쉬워하고 있을 때 굉장히 촌스럽게 생긴 남자는 얼굴과는 어울리지 않는 굉장히 담담하고 세련된 목소리로 말했습니다.

"여태까지 얘기를 나누고도 몰랐어요? 여운아, 너 조금 더 열심히 활동해야겠는데?"

"오빠!"

아름다운 여인…… 아니, 강여운 씨…… 아니, 강여운 님이 도끼눈을 뜨며 굉장히 촌스럽게 생긴 남자에게 소리를 질렀습니다.

굉장히 촌스럽게 생겨서 그런지 매너도 굉장히 촌스럽고 똥인 것 같았습니다.

굉장히 촌스럽게 생긴 남자가 계속 이어서 제게 질문했습니다.

"그나저나 김만철 씨는 이름이 진짜 만철이에요?"

"네, 그런데요?"

"그렇구나…… 이름이 조금 옛날식이네…… 어쨌든 반가워요. 제 이름은 민봉팔입니다."

그쪽 이름이야말로 진짜 옛날식 이름인데요? 하고 쏘아붙이려다가 덧붙여진 말에 입을 다물었습니다.

"직책은 과장이고 앞으로 만철 씨의 사수가 될 사람이에요. 영화나 드라마는 좋아하는 편이죠?"

이게 내가 가장 존경하는 매니저, 민봉팔 과장님과의 첫 만남입니다.

◇ ◆ ◇

저와 민 과장님, 그리고 아름다운 여인…… 아니, 강여운 님은 곧장 회의실이란 곳으로 향했습니다.

"한 시간이나 거기서 기다렸다고요? 저희가 만나기로 한 시간은 아침 아홉 시 정각 아니었나요?"

"맞습니다…… 그런데……."

"그런데요?"

"왠지 긴장이 되고 잠이 안 와서……."

그러자 옆에 있던 강여운 님이 웃었습니다.

"키킥. 완전 봉팔 오빠랑 판박이네. 저희 봉팔 오빠도 첫날에 30분이나 일찍 와서 지하 주차장에서 벌벌 떨었거든요."

제가 민 과장님을 쳐다봤고 민 과장님이 물었습니다.

"그 한심해하는 표정은 뭐죠? 그쪽은 한 시간이고 전 겨우 삼십 분입니다만?"

"아, 아니… 아, 아무것도 아닙니다."

"키키킥."

그렇게 웃고 떠드는 사이 저희는 회의실로 도착했습니다.

회의실 문을 열고 들어가자 정 실장님이라는 분이 저희를 반겼습니다.

"왔냐? 시간 딱 맞춰서 오네? 민봉팔, 많이 컸다?"

그러자 민 과장님이 검지로 강여운 님을 가리켰습니다.

"봐주세요. 누가 늦잠을 잤거든요."

"지금 내 핑계를 댄다고? 오빠가 늦게 데리러 왔잖아요!"

"난 겨우 5분 늦었지. 넌 10분이나 늦잠을 잤고."

"치! 어쨌든 5분도 늦은 건 늦은 거잖아요. 아마 오빠가 안 늦었으면 나도 늦잠을 자지 않았을 거야. 깼다가 다시 잔 거거든요."

"그 말을 믿으라고? 웃기시네."

대화를 듣고만 있으면 민 과장님과 강여운 님은 사이가 좋은 건지, 나쁜 건지 구분할 수가 없습니다.

뭐, 두 사람이 친한 건 확실한 거 같습니다.

정 실장님이 중재에 나섰습니다.

"자, 그만들 하고. 이제 회의 시작하자. 기획팀 황 팀장이 사정이 있어서 빠졌으니깐 봉팔이 네가 나랑 같이 작품부터 추리자."

그렇게 정 실장님과 민 과장님이 작품을 추리기 시작했고 저는 놀랄 수밖에 없었습니다.

"이거 연출할 피디가 유 피디라고?"

"유 피디도 유 피디지만 작가가 나 작가라고 합니다."

"거르자."

"네, 걸러야죠."

"이 작품은?"

"읽어보셨잖아요. 당연히 걸러야죠."

그 모습이 촌스러운 첫 인상과는 달리 너무나도 프로페셔널 했기 때문입니다.

그때 옆에서 강여운 님이 작은 목소리로 제게 말을 걸어왔습니다.

"저희 봉팔 오빠, 일 잘하죠?"

"네? 아, 네, 네."

"하지만 봉팔 오빠도 처음부터 잘했던 건 아니에요. 옆에서 누군가를 잘 따라다니면서 많은 걸 배워서 저렇게 될 수 있었던 거죠."

"그, 그런가요?"

제가 반문을 하자 강여운 님은 처음 저를 설레게 했던 그 미소를 지어 보이며 대답했습니다.

"네. 그러니깐 새로 오신 매니저 오빠도 열심히 봉팔 오빠를 보고 배우면 좋은 매니저가 될 수 있을 거예요."

저는 강여운 님이 저를 오빠라고 부르는 것에 감동을 받았지만 간신히 내색하지 않고 대화를 이어 나갔습니다.

"그, 그럴까요? 근데 민 과장님을 가르쳤다는 분은 어떤 분인가요? 민 과장님처럼 과장님이었나요? 아니, 이제 실장님으로 승진하셨을까요?"

제가 뭔가를 잘못한 것인지 강여운 님은 굉장히 아련한 표정을 지었습니다.

"아뇨. 그 사람은 실장님이 아니에요. 봉팔 오빠랑 똑같은 과장님이죠."

그러더니 다시 생기발랄한 표정을 되찾으며 말했습니다.

"하지만 아주 배울 점이 많은 사람이에요. 그래서 그 사람은 아무도 가르치지 않지만 그 사람 옆에만 있으면 그 사람처럼 잘해지기 위해서 노력하게 만드는 사람이죠."

누군지는 몰라도 강여운 님에게 그런 칭찬을 받는다는 '그 누군가'가 꽤나 부러웠습니다.

그래서 저도 노력하기로 다짐하며 강여운 님에게 말했습니다.

"지금의 민 과장님과 비슷한 분인가 보군요? 저도 그렇다면 민 과장님께 열심히 배워서 좋은 매니저가 되어 보도록 하겠습니다."

제 대답이 흡족스러운지 강여운 님이 천사 같은 얼굴로 다시 미소를 지어 주었습니다.

"그래요. 꼭, 그렇게 해 주세요."

그사이 정 실장님과 민 과장님이 작품을 모두 추린 모양입니다.

정 실장이 말했습니다.

"그럼 남은 건 〈가장 아름답지만 치졸한 아내〉랑 〈한 해의 끝〉이네. 각각 드라마와 영화라니, 꽤 치열하겠는데? 누가 먼저 의견을 내볼까? 오, 그래. 신입?"

"네?"

"네가 한 번 말해봐라."

저는 너무나도 당황스러웠습니다.

왜냐면 오늘이 첫 출근인 저는 어떤 시나리오나 드라마 대본도 읽어보지 못한 상태였기 때문입니다.

"저는 아직……."

제가 사정을 말하려는데 정 실장님이 말을 자르며 끼어들었습니다.

"두 작품 다 읽어보지 못했다고?"

알고 계시면서 왜 저러는 걸까요?

제 얼굴에 의문이 떠올라 있는 걸 봤는지 정 실장님이 자비가 가득한 얼굴로 말했습니다.

"우린 막내의 감을 존중하는 편이거든. 워낙 특이한 막내들이 많아서. 자, 그러니깐 그냥 감으로 한 번 찍어봐. 어떤 작품이 좋아 보여?"

저는 잠시 고민을 하다가 대답했습니다.

그냥 찍어보라면 못할 것도 없다는 생각이 들었습니다.

"저는 〈한 해의 끝〉이 좋습니다!"

"이유는?"

"제가 원래 송년회 술자리를 좋아하거든요!"

무슨 잘못을 한 걸까요?

저는 소신껏 대답했지만 회의실은 정적에 휩싸였습니다.

잠시 후 정 실장님이 입을 열었습니다.

"저 정도 수준이 보통 신입의 대답이겠지?"

민 과장님이 정 실장님의 말을 받았습니다.

"지금까지 대단한 녀석들이 너무 많았죠. 정호는 말할 것도 없는 괴물이었고."

"그래서 신입한테 기대한 내 잘못이다?"

"네, 맞아요. 바로 그 얘기입니다."

그렇게 자연스럽게 대화의 물꼬가 트이며 다시 회의가 진행됐지만 왠지 저는 제가 잘못을 한 것만 같아서 주눅이 들고 말았습니다.

그때 저의 천사이자, 저의 여신인 강여운 님이 입 모양으로 말했습니다.

'힘내요.'

매니지먼트 제왕

5장. 점쟁이 문어

각자 의견을 내는 것만으로는 〈가장 아름답지만 치졸한 아내〉랑 〈한 해의 끝〉 중에 어느 것도 고를 수가 없었을 것 같았습니다.

저만 그렇게 생각하는 게 아니었나 봅니다.

정 실장님이 말했습니다.

"길어지겠다. 투표하자."

어쩔 수 없이 투표가 시작됐습니다.

결과는 3 대 3.

한쪽에서는 저와 저의 여신 강여운 님, 홍보팀의 권 팀장님이 〈가장 아름답지만 치졸한 아내〉를 꼽았습니다.

그리고 다른 한쪽에서는 정 실장님, 민 과장님, 이름 모를 기획팀 사원 분 하나가 〈한 해의 끝〉을 꼽았습니다.

투표 결과를 보고 정 실장님 물었습니다.

"야, 신입. 너 뭐야?"

"네?"

"너 왜 〈한 해의 끝〉이 아니라 〈가장 아름답지만 치졸한 아내〉를 뽑았어? 너 송년회 술자리 좋아해서 〈한 해의 끝〉이 마음에 든다며?"

왜긴 왜겠습니까.

당연히 저의 여신이신 강여운 님이 〈가장 아름답지만 치졸한 아내〉를 고르는 걸 곁눈질로 훔쳐봤기 때문이지요.

하지만 곧이곧대로 말할 수는 없으니 아무 말이나 꺼내 변명을 대야 했습니다.

그래서 저는 말했습니다.

"제 개인 사정상 어쩔 수 없었습니다."

"뭐? 그게 무슨 소리야?"

"제가 요즘 술배가 많이 나와서 술을 끊었거든요."

"그래서 〈가장 아름답지만 치졸한 아내〉를 뽑았다?"

솔직히 말을 꺼내놓고 보니 말도 되지 않는 변명이라는 걸 알았지만 이미 다른 변명을 대기에도 늦은 상황이었습니다.

차라리 이럴 때는 뻔뻔한 게 나을 것 같았습니다.

"네."

내 대답이 어이없는지 정 실장님이 한숨을 쉬었습니다.

"휴…… 새로운 꼴통의 탄생인가……."

정 실장님 옆에서 민 과장님이 웃음을 참지 못하고 키득거렸습니다.

"키키킥."

그러자 정 실장님이 민 과장님을 쳐다보며 물었습니다.

"웃냐?"

"그럼 안 웃깁니까? 키키킥. 하하하하!"

민 과장님은 생각보다 개그 코드도 세련된 분이었습니다.

앞으로 저랑 잘 맞을 거 같군요.

◇ ◆ ◇

잠깐의 쉬는 시간 후 다시 투표를 진행하기로 했습니다.

다시 토론이 가열차게 지속됐지만 성과 없이 같은 말만 반복되고 있었기 때문입니다.

저는 쉬는 시간 동안 〈가장 아름답지만 치졸한 아내〉랑 〈한 해의 끝〉의 대본을 읽어 보기로 했습니다.

조금이라도 시나리오와 드라마 대본을 읽어보는 게 아무것도 알지 못한 채 의견을 내는 것보다는 바보 같은 소리를 하지 않는 데 도움이 될 거라는 생각이 들었습니다.

그렇게 회의실 한쪽에서 먼저 〈가장 아름답지만 치졸한 아내〉의 드라마 대본을 읽고 있는데 정 실장님과 민 과장님이 모여서 속닥거리는 소리가 들렸습니다.

　너무 조심성이 없는 게 두 분에게 낮말은 새가 듣고 밤말은 쥐가 듣는다는 속담의 뜻을 가르쳐드리고 싶을 지경이었습니다.

　"이대로는 회의만 길어지겠는데? 그냥 아무거나 골라버릴까? 난 사실 둘 다 좋은 작품 같거든."

　"저도 그렇습니다. 이거 한번 점쟁이 문어한테 물어봐야 하는 거 아닐까요?"

　점쟁이 문어라면 혹시 승부를 예측한다는 그 문어를 말하는 걸까요?

　역시나 민 과장님은 농담을 좋아하시는 분입니다.

　하지만 이게 저의 착각이라는 게 얼마 지나지 않아 판명됐습니다.

　정 실장님이 진지한 얼굴로 민 과장님에게 말했습니다.

　"그럼 전화해봐."

　"누구요?"

　"점쟁이 문어."

　저는 픔, 하고 웃음이 터져 나올 것 같았습니다.

　점쟁이 문어한테 전화라뇨?

　점쟁이 문어가 전화를 받는다는 것도 말이 되지 않지만 전화를 받는다면 도대체 여덟 개의 손 중에 어느 손으로 전화를 받을까요?

　손이 아니라 촉수라고 하는 게 옳을까요?

두 분은 제가 속으로 그런 상상을 하면서 웃음을 참고 있는 동안에도 황당한 농담을 계속해서 이어 나갔습니다.

"점쟁이 문어가 〈가장 아름답지만 치졸한 아내〉랑 〈한 해의 끝〉을 읽었을까요? 요즘 여운이의 담당에서 한 발짝 물러난 상태인데."

"점쟁이 문어, 그 자식이라면 혹시 또 몰라."

"여운이가 알게 되면 큰일인데…… 휴…… 알겠습니다. 전화해 보겠습니다."

하지만 민 과장님이 실제로 누군가에게 전화를 걸면서 점쟁이 문어가 실존한다는 걸 저는 인정할 수밖에 없었습니다.

제 상상과는 달리 점쟁이 문어는 문어가 아니라 사람이었던 것입니다.

하긴 두 분이 말하는 점쟁이 문어가 실제 문어를 가리킨다고 생각하는 것도 웃긴 일이죠.

제가 강원도 깡촌 출신이지만 이런 것도 모를 만큼 촌스럽지는 않습니다.

"여보세요? 어, 나 봉팔이야. 너 혹시 이번에 〈가장 아름답지만 치졸한 아내〉랑 〈한 해의 끝〉 읽어봤어? 어땠어? 어떤 게 나아? 그치? 역시 그게 낫지? 고맙다. 알겠어. 응, 내가 이따가 다시 전화할게."

그사이 민 과장님이 전화를 끊었습니다.

정 실장님이 다급하게 물었습니다.

정 실장님을 저토록 애타게 만드는 점쟁이 문어라는 존재는 대체 무엇일까요?

"어떠냐?"

"점쟁이 문어가 〈한 해의 끝〉을 골랐습니다."

"그래? 역시 점쟁이 문어도 그게 좋다고 하지?"

민 과장님이 고개를 끄덕였고 두 분은 잠시 시선을 교환했습니다.

그러더니 갑자기 제 쪽을 쳐다봤습니다.

아차, 싶었습니다.

낮말을 듣는 새나, 밤말을 듣는 쥐가 되려면 더 은밀할 필요가 있었는데 점쟁이 문어라는 별명이 너무 웃긴 나머지 그러지 못했습니다.

저는 어느새 너무나도 대놓고 정 실장님과 민 과장님의 얘기를 듣고 있었습니다.

"아…… 이건, 저…… 그게……."

제가 변명의 말을 찾고 있을 때 민 과장님이 저를 불렀습니다.

"야, 신입. 너 무슨 대본 보고 있냐?"

"네, 네? 아…… 〈가장 아름답지만 치졸한 아내〉의 드라마 대본을 보고 있었습니다."

민 과장님이 다가와 제가 읽고 있던 〈가장 아름답지만 치졸한 아내〉의 드라마 대본을 빼앗으며 말했습니다.

"이걸 보고 있었다고? 너 생각보다 눈이 별로 좋지 않구나?

시력 검사라도 받아야 하는 거 아니야?"

제 시력은 참고로 왼쪽 눈 2.0, 오른쪽 눈 1.5입니다.

민 과장님은 옆에 있던 〈한 해의 끝〉의 시나리오를 집어서 저에게 건넸습니다.

"괜한 시간 낭비하지 말고 이거나 읽어봐."

"네, 네."

"응, 그리고 이따가 투표에서 〈한 해의 끝〉을 뽑아. 알겠지?"

잠시 후, 다시 투표가 시작됐고 저의 여신 강여운 님의 차기작은 4 대 2로 〈한 해의 끝〉이 선정됐습니다.

◇ ◆ ◇

이게 벌써 2주 전의 이야기네요.

저는 2주 동안 무척 바빴습니다.

여신 강여운 님의 스케줄도 스케줄이었지만 막내 매니저로 일한다는 건 정말 한시도 쉴 수 없는 고된 업무였습니다.

저는 이제 막내의 임무라면 어떤 임무도 착착 해낼 줄 압니다.

과자를 사오라고 시키면 종류별로 상황에 맞게 과자를 사올 줄 알게 되었고, 광고 촬영과 화보 촬영에 필요한 물품을 누가 시키기도 전에 미리 가져다두었으며, 웬만한 운전병 못지않게 운전을 한 결과 운전 실력이 부쩍 좋아 졌습니다.

하지만 이런 업무 숙달은 민 과장님이 하시는 일에 비하면 아무것도 아닙니다.

옆에서 지켜본 결과 민 과장님은 제가 생각했던 것보다도 프로페셔널한 사람이었습니다.

촬영장을 누구보다 열정적으로 배회하며 관계자들과 친분을 나눴지만 어떤 경우에도 자신이 담당 연예인보다 빛나려 하지 않았고, 피곤한 기색이 만연한 와중에도 자신의 차에 강여운 님이 있으면 피곤한 기색을 지우고 항상 밝은 얼굴로 밝은 에너지를 전달하기 위해 노력했으며, 날씨까지 예측할 것처럼 모든 것을 미리 알고 대처하는 능력이 타의 추종을 불허할 정도였습니다.

민 과장님을 지켜보는 일은 놀라움의 연속이었습니다.

그리고 어느 날 저는 깨달았습니다.

제가 이미 민 과장님을 어떤 사람보다도 존경하고 있다는 사실을.

어제는 운이 좋게도 민 과장님과 술잔을 기울일 기회를 가졌습니다.

그사이 민 과장님은 저에게 말을 놓고 편하게 지내는 중이었습니다.

"내일, 스케줄도 없는데 간단하게 한잔할래?"

"부탁드리겠습니다!"

"부탁까지는 무슨…… 가자, 근처에 내가 아는 포장마차가 있어."

제가 민 과장님을 좋아하는 이유는 수만 가지나 댈 수 있지만 그중에서도 하나를 꼽자면 민 과장님은 어떤 경우에도 잔소리를 하지 않습니다.

뿐만 아니라 상대가 아랫사람이라고 함부로 꼰대가 되어 조언을 하는 일도 겪어보지 못했습니다.

민 과장님은 언제나 행동으로 표현하고 행동으로 가르침을 주시는 분이었습니다.

그게 제가 민 과장님을 존경하는 결정적인 이유 중에 한 가지였습니다.

그날도 술자리에서 민 과장님은 아무런 잔소리도, 조언도 하지 않았습니다.

그럼에도 불구하고 저희의 술자리는 사운드로 가득 차고 화기애애했습니다.

이유는 간단했습니다.

저와 민 과장님의 개그 코드가 완벽하게 일치했기 때문입니다.

"너 축구 선수 지동현 알지? 내가 그 선수가 처음 도르트문트에 들어갔을 때 무슨 생각을 한지 알아?"

"무슨 생각하셨는데요?"

"세상의 모든 골은 지동현의 중심으로 들어간다는 코르

페니쿠스의 지동설이 드디어 실현되는 건가…… 하고 생각
했지. 하지만 지동현은 도르트문트에서 리그 한 경기도 출
전하지 못했어."

"키키킥. 지동설. 키킥."

뭐, 이런 식이었습니다.

국경을 넘고 국가를 아우르는 진정으로 세련미가 넘치는
개그 고수들의 대화가 펼쳐진 셈이었죠.

그렇게 시간이 지나다 보니 저는 혼자 신이 나 꽤나 취해
버렸습니다.

저는 술에 취한 김에 민 과장님께 한 가지를 물어보기로
했습니다.

"민 좌장님, 이게 보이쉽니까?"

"내가 안주로 시킨 삶은 문어잖아. 내가 벌써 취한 거 같
냐?"

"고럼 이쯤에서 질문 한 카지!"

"뭔데?"

"줘번에 말씀하셨던 점쟁이 뭐가 누굽니까? 쥔짜 뭐
입니까?"

민 과장님은 갑자기 장난기가 넘치던 이전과는 다르게
진지한 표정이 되었습니다.

그러더니 말했습니다.

"있어. 나의 목표."

"모옥표?"

"응, 목표. 내 가장 친한 친구이자 내가 가장 존경하는 사람. 그 녀석이 가장 높은 곳에 올라갔을 때에도 그 녀석의 친구로 남아 있는 게 바로 내 목표다."

저는 술에 취한 상태에서도 그렇게 말하는 민 과장님이 너무나도 멋져 보였습니다.

그래서 저도 용기를 내기로 했습니다.

"줘도 있습니다. 모옥표!"

"너도 목표가 있다고?"

"눼."

"뭘데?"

"줘는 민 콰장님처럼 되는 게 모옥표입니다."

그러자 민 과장님이 피식, 하고 웃었습니다.

"내가 무슨 목표야. 나같이 되는 건 어렵지 않아."

겸손하신 민 과장님의 말에 저는 발끈할 수밖에 없었습니다.

"아닙니다! 민 콰장님은 줴 모옥표가 될 만큼 훌륭하십니다!"

쿵!

제 기억은 여기까지입니다.

나중에 민 과장님이 말씀해 주신 바에 따르면 저는 그대로 테이블에 머리를 처박고 잠이 들었다고 합니다.

◇ ◆ ◇

"이거 곤란한걸?"

민봉팔이 테이블에 머리를 처박고 쓰러진 김만철을 보고 중얼거렸다.

민봉팔은 잠시 고민하다가 자신의 소주잔에 담긴 투명한 액체를 삼켰다.

"캬~ 싱겁다. 역시 물은 싱거워. 이모, 여기 계산해 주세요!"

그랬다.

사실 민봉팔은 김만철과의 술자리 내내 물을 마시고 있었다.

어쩔 수 없었다.

민봉팔은 소주를 세 잔만 마셔도 취하는 사람이었으니깐.

다시 자리로 돌아온 민봉팔이 김만철을 내려다보며 말했다.

"목표라…… 그래, 너의 목표는 나란 말이지. 조금 민망한데?"

민봉팔은 영차, 소리를 내며 김만철을 부축했다.

그러고는 중얼거렸다.

"그래도…… 고맙다, 만철아. 그러니깐 너도, 나도 목표를 위해서 힘내자."

이때까지만 해도 아무도 알지 못했다.

후에 연예계에서 전설로 회자될 민봉팔, 김만철 콤비가
이렇게 등장했음을.

6장. 계속되는 성과, 반격의 서막

이번 밀키웨이의 미니 앨범 〈피아노 레인〉은 컴백 무대 하루 전에 선공개를 했다.

걱정스러운 부분이 없지는 않았다.

하지만 차근차근 정호가 준비해온 전략들이 주효한 덕분에 〈피아노 레인〉은 공개 첫날부터 좋은 순위로 음원 차트에 올랐다.

'첫 진입 순위가 19위라…… 반응이 좋은데? 연습실로 가봐야겠다.'

혹시라도 순위가 나쁘게 나올까 싶어 정호는 다른 곳에서 플럼의 음원 차트 순위를 확인하고 있었다.

담당 매니저로서 아끼는 연예인의 실망한 모습을 지켜

보는 것은 여러모로 괴로운 일이었다.

그리고 연습실에는 아끼는 연예인이 넷이나 있었다.

정호는 연습실로 향하는 동안 생각했다.

'순위가 나쁘면 나중에 등장해서 애들을 위로하려고 했지만 이런 상황이라면 그럴 필요가 없지. 오히려 축하 파티라도 해야 할 일이다.'

멀지 않은 곳에 있었기 때문에 정호는 밀키웨이의 연습실에 금방 도착했다.

들어가기 전 슬쩍 복도에 난 창으로 연습실 내부를 살펴보니 밀키웨이 멤버들이 옹기종기 모여 앉아 스마트폰을 들여다보고 있었다.

플럼의 음원 차트 순위를 보고 있는 게 분명했다.

정호는 슬며시 연습실로 들어가 밀키웨이 멤버들의 얘기를 엿들었다.

"대박, 19위? 이러다가 우리 이번 앨범에 대박 나는 거 아니야?"

순위를 막 확인했는지 하수아가 놀라며 말했다.

신유나가 퉁명스러운 말투로 지적했다.

"언니, 방금 19위에 놀라서 대박이라고 말했는데요? 그럼 19위가 이미 대박인 건데 또 무슨 대박이 나요."

"이미 대박이지만 앞으로는 더 대박 날 거라는 뜻이었거든? 퍼피, 너 자꾸 그렇게 언니의 말에 꼬투리 잡으면 못 써."

"흥!"

밀키웨이 TV에서 하수아가 누워 있던 신유나 앞으로 오
서연을 데려온 그날 이후 둘은 가끔 이런 식의 말다툼을 벌
였다.

애정이 담긴 가벼운 말다툼이었기 때문에 마음 여린 유
미지를 제외하면 크게 신경 쓰는 사람은 없었다.

당사자 두 사람도 딱히 큰 의미를 부여하지 않았다.

하지만 오늘은 유미지마저도 두 사람을 말리거나 달래지
않았다.

유미지의 마음이 차갑게 식은 게 아니라 유미지에게는
두 사람에게 신경을 쓸 겨를이 없었다.

플럼의 음원 차트 순위에 놀란 건 유미지도 마찬가지였
는지 입을 한 손으로 가린 채 정지 화면처럼 멈춰 있었기
때문이었다.

그것도 꽤 오랫동안.

그 모습을 보며 오서연이 특유의 독특한 웃음소리를 뽐
냈다.

"낄낄낄."

잠시 후 정지 화면에서 벗어난 유미지가 말했다.

"설마…… 여기서 떨어지진 않겠지?"

리더로서 잔걱정이 많은 유미지다운 생각이었다.

그런 유미지를 안심시켜줄 목소리가 들려온 건 그때였
다.

"걱정 마. 그럴 리는 없을 테니. 오히려 올라갈 거야. 〈테니스 스커트〉 때보다도 더."

목소리의 주인공은 물론 정호였다.

"과장님!"

하수아가 먼저 정호에게 달려들었다.

넷 중에서 가장 애교가 많은 하수아는 정호를 꽤 편하게 대하는 편이었다.

"저희 순위도 좋은데 파티라도 해야 하는 거 아니에요?"

파티라는 말에 가장 먼저 반응한 사람은 오서연이었다.

"파티? 술?"

지난번 있었던 〈테니스 스커트〉의 활동 종료 파티에서 처음으로 술을 마셨는데 그날을 기점으로 숨겨진 애주가였던 오서연은 대놓고 애주 활동을 시작했다.

밀키웨이의 애주가는 오서연만 있는 게 아니었다.

오서연처럼 대놓고 활동은 하지 않지만 오서연과 동갑인 유미지도 오서연 못지않은 애주가였다.

가끔 두 사람은 스케줄이 한가할 때 숙소에서 대작을 벌이곤 했다.

술이라는 글자에 반응한 유미지는 귀가 쫑긋해져서는 슬며시 정호 쪽으로 다가왔다.

하지만 금방 팀의 리더라는 자신의 위치를 깨달은 유미

지가 고개를 가로젓더니 말했다.

"파티는 무슨 파티야, 애들아……. 우리 연습해야
지……."

물론 전혀 의욕이 느껴지지 않는 말투였다.

정호가 그런 유미지를 보고 빙그레 웃다가 말했다.

"미지, 말이 맞아. 내일이 컴백 무대인데 흥청망청 마시
며 놀 수는 없지."

정호의 말에 밀키웨이 멤버들이 주눅이 들었다.

내심 파티를 기대하고 있었던 모양이었다.

신유나조차도 표정이 시무룩했다.

다른 사람들이 보기에는 평소와 별반 다를 게 없는 표정
이었지만 정호는 신유나가 시무룩해한다는 걸 확실히 알았
다.

"하지만 이런 날에 파티를 아예 안 할 수도 없지. 만약
연습을 끝내고 오늘 저녁에 10위권에 진입하면 맛있는 걸
먹자. 물론, 술은 안 되지만."

정호의 덧붙인 조건에 밀키웨이 멤버들의 표정이 밝아졌
다.

표현에 적극적인 하수아는 환호성을 지를 정도였다.

다만 술을 마시지 못한다는 얘기 때문인지 유미지와 오
서연의 표정에서는 반만 기뻐하는 기색이 느껴졌다.

◇ ◆ ◇

공개 첫날 결국 밀키웨이의 〈피아노 레인〉은 음원 차트 9위에 랭크됐다.

정호는 밀키웨이 멤버들을 데리고 투뿔 한우를 먹으러 갔다.

음원 차트 10위권 내 진입 기념 및 성공적인 컴백 무대 기원 파티였다.

"내가 사는 거니깐 마음껏 먹어."

정호의 말에 유미지가 걱정스럽게 말했다.

"이렇게 비싼 걸 법인 카드로 긁는 게 아니라 과장님이 사신다고요? 너무 무리하시는 거 아니에요?"

늘 사려가 깊은 유미지다운 예쁜 생각이었다.

정호는 유미지를 안심시켰다.

"걱정 마, 이 정도는 충분히 낼 수 있어."

그러자 하수아가 끼어들었다.

"맞아. 내가 어디서 들었는데 우리 과장님은 로또 부자래?"

"로또 부자?"

"응. 로또 1등을 했다던데?"

하수아의 말에 신유나가 말도 안 된다는 표정을 지었다.

"에이, 말도 안 돼. 무슨 로또 1등을 한 사람이 회사에서 과장으로 일해요. 건물 사서 건물주나 하지."

"아니야. 내가 분명 들었어. 과장님, 진짜 로또로 1등 한

적 있데."

오서연이 눈을 동그랗게 뜨며 말했다.

"로또 1등? 그럼 술?"

9위라는 높은 순위를 보고 리더라는 자각을 되찾은 유미지가 단호하게 말했다.

"술은 무슨 술이야. 내일 좋은 컨디션으로 일어나서 오늘 성원을 보내준 팬들에게 보답해야지.

이번에는 오서연이 눈을 가늘게 뜨며 물었다.

"넌 안 마실 거야?"

유미지의 동공이 흔들렸다.

"하, 한 잔 정도라면 또, 또 모르지……."

정호가 귀엽다는 듯 그런 멤버들의 대화를 가만히 듣다가 말했다.

"술은 안 돼. 고기에 만족해. 대신 고기는 마음껏 시켜도 돼."

정호의 말을 듣고 하수아가 흥분했다.

"맞지, 맞지? 과장님, 로또 1등 맞다니깐? 그죠, 과장님?"

그날 투뿔 한우 파티 내내 하수아가 집요하게 물었지만 정호는 대답하지 않았다.

로또 1등 사실의 유출은 이번 시간에서 정호의 흑역사였다.

'술은 웬만하면 피하는 게 상책이지.'

정호는 멤버들 몰래 고개를 절레절레 흔들며 생각했다.

다음 날, 밀키웨이 TV의 마지막 촬영과 함께 밀키웨이는 성공적인 컴백 무대를 가졌다.

〈테니스 스커트〉가 첫 데이트의 설렘을 발랄함과 역동성으로 표현한 곡이었다면 〈피아노 레인〉은 이별의 슬픔을 적극적으로 이겨내고자 하는 굳건한 의지와 활기참이 돋보이는 곡이었다.

'한유현의 걸작 중에 하나지. 게다가 이번 곡은 〈테니스 스커트〉에서 분위기가 조금 동떨어졌던 오서연도 잘 녹아들었다. 딱 밀키웨이를 위한 노래야.'

팬들도 정호와 비슷한 의견을 내며 〈피아노 레인〉의 첫 무대를 호평했다.

그리고 그날 이후 밀키웨이 〈피아노 레인〉은 매일 순위가 조금씩 높아졌다.

'이런 추세라면 곧 1위도 하겠는데?'

정호의 생각대로 2주라는 시간이 지나고 밀키웨이는 모든 음원 사이트 및 음악 방송의 1위 자리를 석권했다.

다시 2주가 지났다.

청월의 사내 인트라넷으로 인사 공문이 하나 내려왔다.

[인사 발령 — 총괄매니지먼트부 3팀]

1. 윤일환 : 부장(직급 전) 〉 상무(직급 후).

2. 정준호 : 실장(직급 전) 〉 부장(직급 후).

…….

늘 사내의 골칫거리로 취급받던 총괄매니지먼트부 3팀.

총괄매니지먼트부 3팀의 새로운 인사 발령은 청월의 새 바람을 불어왔다.

반격의 서막이었다.

SBC 인기음악의 생방송 무대.

밀키웨이 멤버들이 긴장된 얼굴로 순위 발표를 기다리고 있었다.

"6월 셋째 주 SBC 인기음악 1위의 주인공은 누가 될까요? 결과, 보여주세요!"

세 개로 분할된 화면이 등장했다.

화면에는 솔로 가수 한 사람의 얼굴과 걸 그룹, 보이 그룹 두 팀의 얼굴이 나타났다.

그중에는 긴장하고 있는 밀키웨이 멤버들의 얼굴도 있었다.

"인기음악 차트와 음원 점수까지 합산한 이번 주 1위는?"

각각 음반 5퍼센트, SNS 35퍼센트, 시청자 사전 투표 5퍼센트, 온라인 음원 55퍼센트라고 적힌 글자 옆으로 숫자들이 빠르게 돌아가다가 선명해졌다.

"밀키웨이의 〈피아노 레인〉! 축하합니다! 소감 한 말씀해 주세요."

유미지가 마이크를 잡았다.

타 방송국에서 이미 1위를 해본 적이 있기에 유미지는 꽤 능숙하게 소감을 발표할 수 있었다.

"데뷔 햇수가 얼마 되지 않은 신인 걸 그룹으로서 이런 자리에 오른 것만으로도 영광인데 이렇게 상까지 주셔서 감사합니다. 저희를 늘 이끌어 주신 오정호 과장님, 이런 멋진 노래를 만들어 주신 한유현 작곡가님, 이 노래에 훌륭한 안무를 짜 주신 곽형철 선생님을 비롯한 회사 관계자 여러분께 모두 감사드리고요. 저희 멤버들의 부모님들께도 전부 감사합니다. 늘 한결같은 모습으로 밀키웨이를 응원해주는 유니버스와 SBC 인기음악의 시청자 여러분께도 빠뜨리지 않고 감사의 말씀 전합니다. 더 잘하라는 얘기로 알고 지금보다 노력하는 밀키웨이가 되겠습니다."

감사의 말로 점철된 소감이 이어지는 동안 뒤에서 하수아가 울음을 터뜨렸다.

오서연과 신유나가 선뜻 다가와 하수아의 등을 토닥여 주고 눈물을 닦아줬다.

그렇게 유미지의 소감 발표가 끝나고 인기음악의 MC들이 방송 종료 멘트를 하고 있을 때였다.

띠링.

윤 부장이 보고 있던 TV를 껐다.

'모든 음원 사이트 및 음악 방송 1위라니…… 오정호, 네가 결국 사고를 치는구나.'

이로써 청월의 창립 멤버임에도 불구하고 권력 다툼에 밀려 겨우 부장에 머물러야 했던 윤 부장에도 기회가 생긴 셈이었다.

'총괄매니지먼트부 3팀이 힘을 쓰지 못했던 것은 이 팀을 지지해줄 임원진이 없었기 때문이야. 하지만 이제 이야기가 달라질 거다.'

권력 다툼에서 밀려났다고 회사 내부의 흐름을 읽지 못할 정도로 윤 부장은 바보가 아니었다.

윤 부장은 최근의 흐름을 완벽하게 간파하고 있었다.

'아귀다툼을 벌이는 임원진에는 속하고 싶지 않았지만 이제는 어쩔 수 없다. 능력 있는 후배들을 위해서 그 다툼에서 살아남아야 해.'

윤 부장이 그렇게 각오를 다지고 있었다.

인트라넷으로 인사 공문이 내려온 당일.

총괄매니지먼트부 2팀에도 이 소식이 알려졌다.

총괄매니지먼트부 2팀의 팀장인 강 부장은 모던한 멋이
느껴지는 책상 앞에 앉아 인사 공문을 확인했다.

'무슨 생각을 하고 계신 겁니까, 대표님……'

7장. 엎친 데 덮친 격

임원진과 긴밀하게 연결되어 있는 강 부장은 위에서 벌어지는 일에 대해서 윤 부장보다 자세히 알고 있었다.

이번 승진은 전적으로 청월의 대표인 손 대표의 강력한 주장으로 이뤄진 결과물이었다.

실적이 없는 상황이라면 아무리 한 회사의 대표라도 이사회의 반발을 막을 수 없었을 테지만 총괄매니지먼트부 3팀은 팀에 배정된 몇 안 되는 연예인을 잘 키워냄으로써 승진 조건을 완벽히 충족시켰다.

강여운은 최근에 충무로와 브라운관에서 가장 핫한 여배우였고 밀키웨이는 걸 그룹 대란 시대의 신인 중에서도 주목할 만한 성과를 내고 있는 걸 그룹이었다.

'역시…… 새로운 경쟁자를 만들어서 회사의 성장세를 되찾아 보겠다는 생각이신가요……?'

총괄매니지먼트부 1팀과 2팀의 배정된 연예인들의 활약으로 청월은 중소 규모의 소속사로 발돋움을 할 수 있었다.

어느 소속사보다도 빠른 성장을 하는 중이었기 때문에 해가 지날수록 미래가 기대되는 상황이었다.

그런데 얼마 전부터 성장세가 주춤했다.

배우가 주축으로 꾸려진 1팀은 들어가는 드라마나 영화마다 족족 참패를 면치 못했고 가수가 주축으로 꾸려진 2팀은 출시하는 앨범마다 음원 차트 순위가 고공낙하를 했다.

강 부장은 자신과 긴밀하게 연결된 임원진이 귀띔해준 얘기를 상기했다.

'대표님은 각각 배우와 가수 주축으로 1팀과 2팀이 꾸려지면서 사내 경쟁이 사라지고 자연스럽게 실적도 떨어진 것으로 생각하신다는 거였지……?'

열심히 일한 직원이 들으면 원망의 소리가 튀어나올 만한 의견이었지만 아예 일리가 없는 얘기는 아니었다.

강 부장도 총괄매니지먼트부 2팀이 예전보다 열정을 가지지 않고 일한다는 느낌을 받고 있었다.

'그래서 채찍을 내린다는 뜻이겠지. 하지만 채찍만 내린 것은 아니다. 당근도 잊지 않고 내려주셨지. 조건이 붙은 당근이지만.'

인사 공문이 불난 엉덩이를 쥐고 열심히 뛰게 만드려는 채찍이라면 인사 공문과 함께 내려온 특별 지시는 먹기 위해 뛰라고 내려준 당근이었다.

당근의 정체는 바로 프로듀싱 101 시즌2.

'프로듀싱 101이라⋯⋯.'

프로듀싱 101은 대한민국 전 소속사에서 섭외한 연습생 101명이 경쟁을 벌이는 아이돌 리얼리티 서바이벌 프로그램이었다.

시청자가 국민 프로듀서가 되어 직접 아이돌 그룹의 멤버를 뽑아 구성할 수 있다는 것이 이 프로그램의 장점이었다.

'당근으로 내려온 지시는 총괄매니지먼트부의 각 팀이 한 명씩 연습실을 내보내서 가장 높은 순위에 오르는 팀에게 성과급을 제공한다는 건데⋯⋯.'

당근의 크기는 생각보다 컸다.

가장 높은 순위만 해도 월급의 150퍼센트를 상여로 주었고 만약 11위 안에 든다면 월급의 200퍼센트를 상여로 주었다.

'다만 기존의 연습생이 아닌 새로운 연습생을 스카우트하여 내보내라는 조건이 붙었다.'

회사로서는 어쩔 수 없는 선택이었다.

걸 그룹 편이었던 프로듀싱 101 시즌1은 논란이 많았다.

각 소속사에서 공들여 키운 연습생들이 기대감을 가지고 출연했지만 소기의 성과를 거두지 못한 채 이미지만 소모되어 재기가 어려운 지경이 이르렀기 때문이었다.

'쉽지 않은 조건이다. 하지만 어떤 조건이라도 총괄매니지먼트부 2팀이 패배할 이유는 없다. 청월에서 우리보다 가요계를 잘 아는 팀은 없어.'

강 부장의 머릿속에서 총괄매니지먼트부 3팀은 경쟁 상대로 고려조차 되지 않았다.

그나마 배우팀과 가수팀으로 나눠지기 전에 가요계에서 큰 성과를 내본 적 있는 총괄매니지먼트부 1팀이 위협이 될 만한다고 생각했다.

그렇게 생각을 정리한 강 부장이 어디론가 전화를 걸었다.

"긴급회의다. 2팀 전 직원 소집시켜."

한편 같은 시각.

정호도 윤 상무(이전 윤 부장)의 호출을 받았다.

사무실에는 정 부장(이전 정 실장)이 먼저 와서 윤 상무와 함께 기다리고 있었다.

"……뭐, 정리하자면 이런 내용이야."

"그렇습니까?"

정 부장이 나서서 인사 공문과 특별 지시에 대한 내용을 정호에게 전달했다.

그사이 잠자코 있던 윤 상무가 정 부장의 말을 받았다.

"알다시피 나는 이제 실무에서 손을 떼게 되네. 더 높은 곳에서 아귀다툼을 벌여야 하거든."

놀랄 법한 이야기였지만 정호는 놀라지 않았다.

이전의 시간에서 비슷한 상황이 벌어졌던 기억이 있었다.

'하지만 그때 이런 날이 온 것은 프로듀싱 101 시즌2 끝나고도 한참 후의 일이었어. 시기가 몇 년이나 앞당겨졌다. 내가 만들어낸 일인가?'

정호가 생각하고 있을 때 윤 상무가 계속 말을 이었다.

"내가 위로 올라감에 따라 정 부장이 자연스럽게 3팀의 팀장을 맡아야 하는 상황이네. 생각보다 바쁠 걸세. 이 자리가 놀고먹는 것처럼 보여도 꽤나 까다로운 일들이 산적한 자리거든. 뭐…… 자네들이야 믿는 눈치가 아니지만."

윤 상무가 두 사람의 표정을 살피더니 어깨를 으쓱했다.

"그래서 오 과장, 자네에게 부탁할 것이 있네."

"뭔가요?"

"자네가 3팀의 이름으로 프로듀싱 101에 내보낼 연습생을 스카우트해 오게."

프로듀싱 101 시즌2 방영, 100일 전의 일이었다.

◇ ◆ ◇

밀키웨이는 〈피아노 레인〉 활동 기간이 조금 남아 있었다.

그런 까닭에 정호는 바로 스카우트를 위해 움직일 수 있는 상황이 아니었다.

'몸은 움직일 수 없지만 생각마저도 움직일 수 없는 것은 아니다. 생각하자. 떠올려 보자.'

과거 프로듀싱 101 시즌2에서 활약했던 연습생들을 머릿속으로 꼽아봤다.

먼저 1위를 했던 강대니얼이 떠올랐다.

노래 실력을 최고라고 할 수는 없었지만 춤 실력이 굉장히 뛰어났다.

뿐만 아니라 외모도 잘생긴 편이었다.

눈웃음이 귀엽고 몸매도 탄탄해서 20~30대 국민 프로듀서의 열렬한 지지를 받았다.

'하지만 강대니얼은 소속사가 있어. 소속사의 크기와는 상관 없이 소속사가 있으면 데려올 방법이 없다.'

과거의 정호라면 모든 수를 활용해서라도 강대니얼을 데려왔을 것이다.

하지만 지금의 정호는 그럴 생각이 전혀 없었다.

백지훈, 이대희, 김재현, 황성우, 반우진, 라이언린, 윤재성, 황민헌, 배진형, 하성훈, 그리고 아쉽게 떨어진 김새뮤얼까지.

모든 이름이 정호의 머릿속을 스쳐 지나갔다.

'스카우트를 할 만한 사람은 백지훈, 김재현, 황성우, 라이언린 정도인가?'

이 중에서 스카우트를 해야 한다면 우선적으로 고려할 사람은 물론 백지훈이었다.

'백지훈은 노래와 춤 모두 실력의 밸런스가 괜찮은 편이었지. 또 영리하기도 해서 자신의 귀여운 외모를 적극적으로 활용하여 스스로를 홍보할 줄 알았어. 내 마음속에 보관이라는 유행어는 아직도 기억에 남아 있다.'

특히 백지훈은 당시 순위가 강대니얼에 이은 2위였다.

강대니얼을 확보할 수 없다면 가장 우선적으로 고려해야 할 인물이었다.

'먼저 백지훈을 노리자. 백지훈은 프로듀싱 101 시즌2 시작 전에 기존의 소속사와 계약을 끝낸 상태였어. 그리고 방송 도중 나루 기획과 계약을 맺었지. 이번에는 내가 계약한다.'

하지만 이틀 후, 정호로서는 비보에 가까운 소식이 들었다.

'청월이 백지훈과 계약을 맺었다고? 소속은 총괄매니지먼트부 2팀? 이게 무슨 일이지?'

정호가 아직 마무리되지 않은 밀키웨이의 〈피아노 레인〉 활동에 힘을 쓰는 동안 총괄매니지먼트부 2팀이 백지훈을 데려간 것이었다.

'과거에는 이런 일이 없었어…… 그럴 수밖에…… 그때 청월은 프로듀싱 101 시즌2라는 방송 자체에 협조하지 않았으니깐.'

시즌1에서 많은 연습생들을 안타깝게 잃어야 했던 청월로서는 충분히 내릴 수 있을 만한 결정이었다.

'하지만 상황이 바뀌면서 청월은 프로듀싱 101 시즌2를 사내 경쟁의 시험 무대를 삼았다. 이에 따라 자연스럽게 총괄매니지먼트 2팀은 성공 가능성이 가장 높은 무소속 연예인을 찾은 거겠지.'

백지훈은 아역 배우 출신이었다.

그런 까닭에 적극적인 행보만 보인다면 누구든 접근이 가능한 연습생이라는 뜻이었다.

'그래도 백지훈에게 접근하여 계약까지 따내다니 대단하군. 하긴 예전부터 총괄매니지먼트 2팀은 데이터화된 체계적인 방식으로 연습생을 잘 데려오고 키웠지.'

최근 주춤하는 기세를 보이긴 했지만 총괄매니지먼트 2팀은 부인할 수 없는 청월의 핵심이었다.

'하지만 나로서는 곤란하게 됐군…….'

앞서 말한 바 있듯 당시 백지훈이 확보한 순위는 2위였다.

'차선책을 취해서 남은 기간 최대한 많은 걸 가르치는 것밖에는 방법이 없나?'

정호는 이번 임무의 체감 난도가 급격하게 증가하는 듯한 기분이었다.

'어쩔 수 없지. 다음 타깃은 김재현이다.'

김재현은 뛰어난 노래 실력을 가진 연습생이었다.

프로듀싱 101 시즌2의 최종 멤버가 결정될 때까지 개인 연습생으로 남아 있을 만큼 신중한 구석이 있었다.

'신중한 만큼 좋은 선택을 해서 좋은 기획사로 갔었지. 비전을 보여줄 수 있다면 못 데려올 것도 없다. 김재현을 데려와서 백지훈을 잡자.'

아직 3개월여의 시간이 남아 있었다.

충분한 연습과 좋은 마케팅이라면 최종 순위 4위였던 김재현이 백지훈을 못 잡으리라는 법도 없었다.

다시 이틀이 지났다.

'이번에는 총괄매니지먼트 1팀이?'

정호는 최악의 상황에 놓였다.

총괄매니지먼트부 1팀이 정호가 노리던 김재현을 채간 것이었다.

'허…… 이게 도대체……'

만만치 않을 거라는 생각은 했다.

지금은 비록 배우 위주로 팀을 꾸리고 있는 총괄매니지먼트부 1팀이지만 몇 년 전까지만 해도 가요계의 전방에서 경쟁을 벌였다.

또 최근까지 총괄매니지먼트부 1팀에 소속되어 활동을 하는 가수들이 없는 것도 아니었다.

'그렇다고 해서 김재현을 데려갈 거라고는 생각하지 못했다…… 이건 완전 어디서 정보라도 샌 것 같은 기분이군…….'

물론 정보가 샌 것은 아니었다.

김재현은 국내에 몇 곳이 되지 않는 유력한 보컬&안무학원에서 우수한 성적을 거두고 있는 연습생이었다.

눈이 밝은 소속사라면 김재현을 발견하지 못할 이유는 없었다.

'문제는 신중한 김재현을 데려올 만한 협상력인데…… 누구지? 혹시…… 불도저 양 부장이 직접 움직인 건가?'

총괄매니지먼트부 1팀의 양 부장은 맘에 드는 인재가 생기면 저돌적으로 돌진하여 계약을 따내는 것으로 유명했다.

이런 양 부장의 영향 때문인지 총괄매니지먼트부 1팀 자체가 이런 저돌적인 분위기를 띠었다.

아예 데이터나 체계적인 과정을 무시하는 것은 아니었지만 데이터나 체계적인 과정보다는 직감과 육감을 더 믿고 움직이는 편이었다.

최근에는 의욕을 잃은 것처럼 보여 회사의 걱정을 사고 있었지만 이번 특별 지시를 계기로 의욕을 되찾고 육감과 직감을 최대한 발휘하고 있는 모양이었다.

'양 부장이 직접 움직였다면 진짜 쉽지 않을 텐데…….'

양 부장에게는 정호 못지않게 신인을 키우는 노하우가 있었다.

제대로 마음만 먹는다면 백지훈을 넘어서는 것도 가능한 것이 양 부장의 능력인 셈이었다.

'다만 최근에는 배우를 키웠기 때문에 감이 떨어졌을 수도 있지…… 이 가능성에 매달려봐야 하는 것일까?'

정호는 생각보다 일이 잘 안 풀린다고 생각했다.

'긍정적으로 생각하자. 아예 기회가 없는 건 아니야.'

애써 불안함을 떨쳐내고 정호가 다음 계획을 세웠다.

다음 타깃은 황성우였다.

'오히려 이쪽이 더 가능성이 있을 수도 있어. 김재현은 신중한 만큼 유연성이 떨어지니깐.'

황성우는 뛰어난 춤 실력을 가진 연습생이었다.

프로듀싱 101 시즌2에서 가장 춤을 잘 추는 것은 아니었다.

하지만 만약 정호가 남은 기간 동안 황성우의 춤 실력을 최고 수준까지 끌어올린다면 분명 가능성이 있었다.

뿐만 아니라 정호는 자신의 노하우를 모두 발휘하여

황성우의 노래 실력도 평균 수준으로 이끌어낼 생각이었
다.

'당시에는 주목받지 못했지만 황성우의 인성은 내가 아
는 어떤 연예인과 비교해도 훌륭한 편이다. 이 부분까지도
방송 기간 내에 마케팅으로 부각시킬 수 있다면 경쟁력은
충분하다.'

정호는 순식간에 전략을 세웠고 시간이 가기를 기다렸
다.

그렇게 며칠 후 밀키웨이가 마지막 공연을 끝으로 휴식
기에 돌입했다.

"반갑습니다. 청월 엔터테인먼트의 매니저 오정호라고
합니다."

청담동의 어느 카페, 정호의 앞에는 황성우가 앉아 있었
다.

8장. 특급 연습생, 90일 완성

　김재현과 백지훈은 스카우트 시도도 해보지 못하고 각각 총괄매니지먼트 1팀과 2팀에 빼앗겨야 했지만 황성우만은 아니었다.

　협상력만큼은 그 누구에게도 뒤지지 않는 정호였기 때문에 황성우를 만나기만 한다면 데려올 자신이 있었다.

　상황은 정호의 예상대로 진행됐다.

　"……최근까지 라라 엔터에서 연습생 생활을 했어요. 5개월 정도 연습생 생활을 했는데 도저히 그곳에서는 미래가 보이질 않더라고요. 데뷔 가능성이 있는 몇몇 애들에게만 전속 계약을 제시했다는 얘길 듣고 나서 빨리 성장하지 못하는 제 자신에게 조금 실망도 했고요."

"지금은 따로 나와서 혼자 연습을 하는 건가요?"

"아버지 아는 분이 연기 학원을 운영하셔서 수업이 없는 밤에 그곳에서 연습하고 있어요."

"밤에 만요?"

"아무 때나 나와서 연습하라고는 하셨는데…… 다른 학생들에게 피해를 주는 게 조금 그래서요."

"혼자 연습하는 것에는 한계가 있죠?"

"아무래도…… 그래도 포기하지 않을 생각입니다. 이렇게 과장님처럼 가끔 제게 연락을 주시는 분들이 계신다는 건 제게 어느 정도 재능이 있다는 뜻일 테니까요. 그렇게 믿고 있습니다."

익히 들어서 알고 있었지만 확실히 직접 확인한 황성우의 성격은 정호가 생각한 것보다도 좋았다.

연습생들은 보통 자기 생각에 쉽게 빠지는 편이었다.

어리고 사회 경험이 부족했으며, 성공에 대한 욕구가 대단했기 때문에 벌어지는 일이었다.

그래서 대부분 좋지 않은 상황에 처하게 되면 소속사를 비방하거나 주변인을 비판하여 자신의 상황을 합리화하는 경향이 강했다.

하지만 황성우는 그런 게 없었다.

오히려 부족한 자신을 탓했고, 열악한 환경에서도 남을 배려했으며, 어떤 경우에도 희망을 잃지 않았다.

'훌륭한 자세와 인품이다. 이런 인재를 놓쳐서는 안 돼.

백지훈과 김재현이 내 손에서 멀어진 것은 이런 인재를 얻으라는 운명의 뜻일지도 모르지.'

더 이상 시간을 지체할 필요는 없었다.

정호는 황성우를 얻기 위해 준비했던 조건을 제시했다.

"저는 황성우 씨와 함께하고 싶습니다."

정호가 황성우에게 계약서를 내밀었다.

"이건 미래를 보장하는 전속 계약서입니다. 보면 아시겠지만 1년 6개월 내 데뷔를 보장하는 조항이 걸려 있습니다."

황성우는 정호가 내민 파격적인 조건에 놀란 기색을 감추지 못했다.

본인의 처지를 모르지 않는 황성우였다.

연습생 생활을 하다가 전속 계약을 따내지 못하고 소속사를 나와 개인 연습실을 간신히 전전하고 있는 게 바로 자신의 현재 모습이었다.

게다가 나이도 아이돌로서는 적지 않은 23살이었다.

그런 까닭에 황성우는 다시 연습생으로 받아주기만 한다면 어디든 들어가 최선을 다해 볼 생각이었다.

이 자리에 나온 것도 그런 이유 때문이었다.

그런데 다짜고짜 전속 계약서라니.

그냥 전속 계약서도 아니고 데뷔를 약속하는 조항이 걸려 있는 계약서라니.

"그리고 계약을 하면 90일 후에 황성우 씨의 방송 출연이 있을 예정입니다."

"네? 방송 출연이요?"

황성우는 꿈인가 싶어 얼떨떨했다.

데뷔를 약속하는 전속 계약서도 모자라 방송 출연까지 시켜준다고 하니 이게 무슨 소리일까 싶었다.

"네, 황성우 씨는 프로듀싱 101 시즌2에 출연할 겁니다."

◇ ◆ ◇

사기만 아니라면 다행일 거라고 생각했다.

정호 전에 황성우에게 연락을 했던 매니저란 사람들은 대부분 사기꾼이었다.

사기를 당한 적은 없지만 여러 번 비슷한 위기가 있었다.

하지만 황성우를 더욱 씁쓸하게 했던 것은 다른 이유 때문이었다.

'나한테 연락을 했던 진짜 매니저들도 그들과 크게 다르지 않았어…….'

연락을 받고 나가보면 모든 매니저들은 황성우를 일방적으로 착취하려고만 했다.

계약서는커녕 내일부터 연습을 나와보라는 한마디 말만 던지고 훌쩍 나가버리기도 일쑤였다.

그들에게 황성우는 그저 스카우트 실적을 위한 좋은 도구에 지나지 않았다.

'실력도 실력이지만 나이가 적지 않았으니깐…….'

그럼에도 불구하고 포기할 수 없었다.

포기하는 순간 꿈은 끝나고 말 테니깐.

정호에게 연락을 받고도 그 자리에 나간 것은 이런 의지 때문이었다.

'오 과장님을 만난 건 정말 다시 찾아오지 않을 기회다!'

그날 황성우는 청월과 전속 계약을 맺었다.

그리고 다음 날부터 정호와 최고의 트레이너들이 머릴 맞대어 짜준 스케줄을 따라서 연습을 시작했다.

쉽지 않은 스케줄이었다.

하지만 황성우는 이를 악물고 최선을 다해 버텼다.

이 기회를 손에서 놓치는 순간 모든 것이 끝날 것이란 걸 알았기 때문에 도저히 노력하지 않을 수가 없었다.

정호는 멀찍이 서서 그런 황성우를 지켜봤다.

'여차하면 시간을 되돌려서 김재현과 백지훈을 데려와야 하는 건 아닌가 걱정했는데 그럴 필요는 없겠군. 다행이야. 밀키웨이 멤버들이 내팽개치고 돌아다녀야 하는 상황이 생기지 않아서.'

정호가 상대적으로 확실한 카드인 김재현과 백지훈을 시간을 되돌려서 잡지 않은 건 밀키웨이 멤버들 때문이었다.

시간을 되돌린다고 해도 밀키웨이 멤버들을 내팽개치고 다닐 자신이 없었다.

그만큼 밀키웨이 멤버들에 대해서 정호가 느끼는 책임감은 작지 않았다.

뿐만 아니라 매니저로서 당장 그 시점에서 활발하게 활동 중인 밀키웨이 멤버들에게 신경을 쓰는 것은 당연했다.

'결과적으로 성우를 만나보기로 한 선택은 여러모로 잘한 일이 되었다.'

정호가 그렇게 생각에 빠져 있는 사이 강도 높은 안무 트레이닝을 마치고 쉬던 황성우가 정호를 발견했다.

앉아서 쉬던 황성우는 벌떡 일어나 90도를 허리를 굽혔다.

정호는 손을 흔들어 마주 인사를 해주며 생각했다.

'이제 앞으로 90일. 네가 특급 연습생이 되는 데 필요한 시간이다, 성우야.'

정호는 황성우를 적극적으로 케어했다.

강도 높은 트레이닝을 받는 만큼 체계적이고 섬세한 컨디션 조절이 필요했다.

자칫 컨디션 조절에 실패를 할 경우 큰 부상을 당할 수도 있었다.

'황성우는 연습에 빠져서 몸을 제대로 다루지 못할 거다. 이럴 때 필요한 것이 매니저야. 식단부터 수면까지 완벽하게 커버해야 해.'

게다가 정호는 트레이닝 면에서도 전문가에 가까운 지식을 가지고 있었다.

늦은 시간까지 황성우가 연습을 할 때는 정호가 황성우의 트레이너가 되어 주어야 했다.

이런 사정들 때문에 정호는 최근 황성우의 곁에서 떠나질 못하고 있었다.

'휴…… 도저히 시간이 나질 않군…… 밀키웨이의 연습도 가끔 보러가야 하는데…….'

일주일간의 짧은 휴식을 끝내고 밀키웨이는 바로 신곡 준비에 들어간 상태였다.

한유현이 이번에도 대단한 곡을 써줬기 때문에 다음 앨범의 성공도 기대가 되는 상황이었다.

하지만 밀키웨이 멤버들은 이전보다 불안함을 느끼고 있었다.

오서연을 제외한 모든 멤버들이 연습실에 도착했다.

유미지, 하수아, 신유나는 연습실에 도착하자마자 연습실 내부를 두리번거렸다.

꼭 그 모습이 미어캣을 닮아 있었다.

하수아가 안무 트레이너인 곽형철에게 물었다.

"과장님은 오늘도 안 왔어요?"

곽형철이 난감한 웃음을 지으며 고개를 끄덕였다.

그러자 하수아가 볼을 부풀리며 말했다.

"이 사람은 진짜 산 거야, 죽은 거야!"

하수아를 말리는 사람은 없었다.

유미지도, 신유나도 하수아와 같은 심정이었기에……

◇ ◆ ◇

황성우의 연습실로 이동 중 정호는 우연히 밀키웨이의 안무 트레이너인 곽형철을 만났다.

"저기…… 과장님? 할 말이 있습니다."

곽형철은 최근 밀키웨이 멤버들이 품고 있는 불만에 대해서 얘길 꺼냈다.

"물리적인 시간상 어쩔 수 없다는 걸 알지만 밀키웨이 멤버들의 불만이 굉장합니다. 뭔가 대책을 찾아야 하는 거 아닐까요?"

정호가 밀키웨이 멤버들을 아예 만나러 가지 않은 것은 아니었다.

완성된 곡을 받고 완성된 안무를 받는 모든 상황에 정호도 함께했다.

하지만 전과는 다르게 신곡 연습 부분에서 밀키웨이에게 신경을 쓰지 못하고 있는 건 사실이었다.

'예상은 했지만 생각보다 불만이 큰 모양이군. 미리 이 문제를 생각해두길 잘했어.'

이미 강여운과의 관계에서 비슷한 문제를 겪어본 바

있는 정호였다.

당연히 정호에게는 대책이 마련된 상태였다.

"시간적 여유를 확보하기 위해 상부에게 인력을 요청한 상태입니다. 조금만 기다리시면 상황이 나아질 겁니다. 그때까지만 형철 씨가 수고해 주세요."

정호의 대답을 듣고 안심했는지 곽형철이 고개를 끄덕였다.

곽형철도 인력 충원을 확신하는 눈치였다.

이전에 있었던 회사 차원의 대대적인 인력 충원 때에는 밀키웨이의 위상이 별로 높지 않았다.

그렇다는 건 밀키웨이가 별로 바쁘지 않았다는 뜻이었다.

확실히 그때만 해도 조금 빠듯하긴 하지만 정호 혼자서 스케줄을 처리하는 게 가능했다.

하지만 지금은 사정이 달랐다.

밀키웨이는 최근 해외 시장에서도 조금씩 이름이 알려지고 있는 상태였다.

정식으로 앨범을 발매하지 않았음에도 불구하고 동아시아와 동남아시아의 케이팝 팬들에게도 알음알음 밀키웨이의 곡이 퍼지고 있었다.

'곧 정식으로 해외 시장을 공략하게 되겠지. 그렇다면 몸이 두 개라도 부족하다. 새로운 인력이 충원되는 건 당연해.'

뿐만 아니라 정호는 황성우의 연습을 돕고 있었기 때문에 인력의 충원이 어느 때보다 시급했다.

회사에서도 이런 사정을 알고 정호에게 최우선적으로 인력을 충원해주기 위해 노력하고 있었다.

생각에서 빠져나온 정호는 다시 황성우의 연습실로 향하기 위해 곽형철에게 말했다.

"그럼 가보겠습니다. 제가 최대한 시간을 내서 밀키웨이 멤버들을 보러 가도록 하죠."

"네, 부탁드리겠습니다."

다시 한 달의 시간이 지나고.

정호는 연습실에서 황성우의 연습 과정을 살펴보고 있었다.

'연습의 강도가 하도 높으니 아주 살얼음판을 걷는 기분이군.'

사실 황성우의 연습 강도는 보통의 연습생이라면 견딜 수 없는 수준이었다.

이런 수준에 다다르면 아무리 전문가가 붙어서 스케줄을 관리한다고 해도 각 전문가만으로도 해결되지 않는 부분이 생기기 마련이었다.

'각 전문가는 해당 분야의 성과에만 우선할 수밖에 없다.

**매니지
먼트**의
제왕 2

매니저가 전체적으로 틀을 잡은 후 문제가 생길 여지마다 끼어들지 않으면 황성우의 몸은 망가지고 말 거야.'

그게 정호가 시간적으로 여유가 없는 핵심적인 이유였다.

'휴…… 빨리 내 자리를 대신해줄 사람이 와줬으면 좋겠는데…… 이 와중에도 황성우의 실력이 순조롭게 늘고 있다는 점은 긍정적일까……?'

정호의 고민에 빠져 있을 때 누군가의 목소리가 들려왔다.

"안녕하세요, 신입 매니저 황태준입니다! 잘 부탁드립니다!"

그렇게도 기다렸던 신입 매니저의 등장이었다.

하지만 정호는 기쁨보다는 놀람으로 눈이 커졌다.

"설마…… 황태준……? 이, 이름이 정말…… 황태준입니까?"

매니지
먼트

9장. 끓고 있는 두 개의 냄비

제왕

신입 매니저 황태준을 앞에 두고 정호는 이마를 감싸쥐었다.

'하필이면……'

정호는 황태준을 알고 있었다.

이전의 시간부터 황태준은 업무 능력이 뛰어나기로 유명한 매니저였다.

새로 들어온 부사수의 업무 능력이 뛰어나다는 건 기뻐할 일이었다.

현재 정호에게 가장 필요한 것은 업무 능력이 뛰어난 부사수였으니깐.

하지만 정호는 기뻐하지 못했다.

그건 바로 황태준의 정체 때문이었다.

황태준은 청월의 대표인 손주남의 셋째 아들이자, 숨겨진 아들이었다.

'골치 아프게 됐군.'

정호는 이렇게 생각하면서 황태준에게 물었다.

정호의 기억대로라면 황태준은 총괄매니지먼트부 3팀이 아닌 1팀으로 갔어야 했다. 황태준에게는 원하는 팀으로 갈 수 있을 만한 권한과 능력이 존재했다.

정호는 그 점이 의문이었다.

"아시겠지만 3팀은 청월의 골칫거리 취급을 받고 있습니다. 근데 어째서 3팀으로 오게 된 겁니까?"

"그런 3팀을 바꾼 분이 여기에 계시니까요."

"네?"

"오 과장님이요. 저는 오 과장님의 팬입니다! 한 회사의 골칫거리였던 팀을 뛰어난 능력으로 위상을 격상시킨 전설 중에 전설! 팀보다 위대한 개인! 매니지먼트계의 메시! 그 게 오 과장님 아닙니까?"

정호는 다시 이마를 감싸쥐며 대답했다.

"아닙니다. 그러니깐 나가주세요."

정호는 황태준과 함께 밀키웨이 멤버들 앞에 섰다.

"……그런 이유로 여기 새로운 매니저 태준이가 너희들을 앞으로 케어해줄 거야."

황태준은 잘생긴 얼굴로 환하게 웃었다.

하지만 밀키웨이 멤버들의 표정은 싸늘하기만 했다.

그때 오서연이 입을 열었다.

평소의 나른한 얼굴과는 전혀 다른 아주 차가운 얼굴이었다.

"언제까지요?"

"응?"

"언제까지 이분이 저희를 담당하는 거죠? 혹시 이대로 과장님은 저희에게서 손을 떼시는 건가요?"

그제야 정호는 상황을 바로 판단할 수 있었다.

'나이가 어려서 그런지 더 불안해하는 모양이구나. 게다가 여운이에게는 봉팔이라도 있었지만 이 아이들에게는 봉팔이 같은 존재도 없었으니…….'

정호가 분위기를 바꾸기 위해 헛기침 두 번을 한 뒤 다시 입을 열었다.

"내가 너희들에게서 손을 떼는 일은 없어. 성우가 프로듀싱 101 시즌2에 본격적인 촬영하기 전까지만 태준이가 너희들을 전담으로 케어할 거야."

정호의 말을 듣고 하수아의 얼굴이 밝아졌다.

"그 얘긴 황성우 그 자식, 아니…… 황성우 씨가 프로듀싱 101 시즌2 촬영에 들어가면 다시 우리한테 돌아온다는 뜻인가요?"

애초에 떠난 적도 없기에 돌아온다는 표현이 조금 그랬지만 정호는 순순히 고개를 끄덕여줬다.

'그나저나 황성우 그 자식이라니…… 애들이 반응이 상당히 격하네…… 어쨌든 애들이 내 생각을 이해한 모양이군.'

정호는 황성우가 프로듀싱 101 시즌2에 들어가기 전까지만 전담으로 케어할 생각이었다.

밀키웨이 멤버들은 이미 두 장의 앨범을 내본 경험이 있기 때문에 앨범 준비에 있어서 전문가의 도움만으로도 전혀 문제가 없을 거라는 게 정호의 생각이었다.

'또 프로듀싱 101 시즌2가 시작되면 황성우의 케어는 어렵지 않아진다. 거의 그 프로그램 안에서 지지고 볶아야 할 테니깐. 한 달 동안 황태준이 일을 잘 배운다면 전담 케어도 충분히 가능할 거야. 과거에도 업무 능력이 뛰어났던 황태준이니 별문제 없겠지.'

프로듀싱 101 시즌2가 시작되는 순간 황성우는 정호의 손에서 떠나는 것이나 다름없었다.

그때가 되면 더 연습시킨다는 것은 불가능했으니깐.

그래서 정호는 황성우를 황태준의 손에 맡기고 차분히 순위가 나오기를 기다릴 생각이었다.

물론 그사이에 황성우의 순위를 끌어올리기 위한 마케팅을 펼치겠지만.

"어쨌든 너희가 우려하는 일은 벌어지지 않을 거야.

그러니깐 한 달간 연습을 잘하고 있으면서 여기 있는 신입 황태준을 쓸모 있는 매니저로 만들어주길 바란다."

"네, 네?"

황태준이 이게 무슨 말인가 싶어 당황하는 사이 밀키웨이 멤버들이 황태준을 둘러쌌다.

"오빠, 오늘 입사 기념 파티 하는 거 어때요? 아, 오빠라고 불러도 되죠?"

"난 오빠라고 부르지 않을게요. 그러니깐 그쪽도 절 퍼피라고 부르지 마세요."

"기념 파티? 그럼 술?"

"얘들아, 새로 오신 매니저 오빠를 곤란하게 하면 어떻게 해…… 근데 오늘 술 마시는 거야?"

앞으로 한 달 후에는 더 큰 일이 벌어질 예정이었다.

◇ ◆ ◇

마지막 한 달은 여유가 있었다.

황성우의 실력이 생각보다 빨리 당초 정호가 목표했던 수준에 도달했기 때문이었다.

'일시적으로 끌어올린 실력이기 때문에 잘 유지해서 지속성 있는 실력으로 바꾸는 게 중요하다. 하지만 그렇다고 해서 지금까지처럼 강도 높은 훈련을 할 필요는 없어.'

정호는 이렇게 판단을 내렸고 트레이너들과 상의를 해서

훈련의 강도를 조절했다.

그 결과, 남은 2주 동안 황성우는 여유 있는 스케줄을 소화했다.

프로듀싱 101 시즌2 촬영 시작 2주 전, 훈련의 강도가 삼분의 이 수준으로 줄었다.

"요즘 어때, 성우야?"

정호가 한참 안무 트레이닝을 받다가 한쪽에서 쉬고 있던 황성우에게 다가가 물었다.

황성우가 찬물로 가볍게 목을 축인 뒤 대답했다.

"스케줄이 너무 여유로운 것 같은데요? 이래도 괜찮을까요?"

쉴 새 없이 훈련을 받았던 황성우라서 그런지 훈련의 강도가 많이 줄어든 것이 아님에도 불구하고 불안해하고 있었다.

정호가 황성우를 안심시켰다.

"걱정 마. 이제 실력은 충분한 수준까지 올라왔어. 지금 시점에서 중요한 건 높은 강도의 훈련이 아니라 네 컨디션이야. 나머지는 시간이 해결해 줄 문제고."

"그렇다면 다행이네요. 현재 컨디션은 최고입니다."

황성우의 말 대로였다.

정호의 눈에도 황성우의 컨디션은 굉장히 좋아 보였다.

하지만 좋아진 건 황성우의 컨디션만이 아니었다.

'강도 높은 훈련으로 어렵게 유지되던 체력이 보충되면

서 오히려 실력이 느는 것처럼 보이는군.'

그리고 다시 시간이 흘러 촬영 1주 전, 훈련의 강도는 절정일 때의 딱 반이 되었다.

보컬 트레이닝을 받기 전 목을 풀던 황성우가 고개를 갸웃거리더니 정호에게 다가왔다.

"과장님. 이대로 괜찮을까요?"

정호는 황성우의 걱정이 뭔지 짐작했지만 아무렇지도 않은 듯 물었다.

"응, 뭐가?"

"요즘 너무 편하게 훈련을 받는 거 같아서요."

황성우의 말에 정호가 싱긋, 웃으며 대답했다.

"괜찮아, 당연한 거야. 훈련 잘 받고 막상 방송에 나가서 비틀거릴 수는 없는 거잖아."

황성우는 잠시 생각하다가 정호의 말에 납득했는지 다시 자리를 옮겨 마저 목을 풀었다.

그러고는 최근 연습 중인 노래를 부르기 시작했다.

정호는 황성우의 노래를 들으며 생각했다.

'음이 단단해졌군. 음색이 원래 좋아서 그런지 실력이 몇 배는 향상된 느낌이다. 아주 좋아.'

좋아진 것은 노래뿐만이 아니었다.

'역시 황성우의 특기는 춤이지. 춤은 이제 어떤 연습생과 비교해도 월등한 차이를 보일 정도야.'

그렇게 충분한 휴식을 병행하면서 황성우는 실력과 체력을 모두 갖췄다.

◇ ◆ ◇

황성우의 훈련 강도가 낮아지면서 자연스럽게 정호에게는 시간적 여유가 생겼다.

정호는 이 시간을 밀키웨이 멤버들의 연습을 살피는 데 활용했다.

'예상대로 밀키웨이는 잘해내고 있군.'

건강미와 청순미를 한껏 강조한 이번 앨범 〈러닝〉은 밀키웨이의 활동에 중요한 분기점이 될 곡이었다.

'밀키웨이는 이번 앨범 활동으로 다시 한 번 모든 음원 사이트 및 음악 방송에서 1위를 석권할 것이다.'

충분히 가능성이 있는 얘기였다. 〈피아노 레인〉으로 1위의 자리를 차지한 바 있는 밀키웨이인 만큼 컴백 소식만으로도 많은 팬들이 기대감을 높이고 있었다.

'이번 곡도 이전의 시간에서 검증된 한유현의 역작 중 하나다. 문제는 곡 소화 능력과 안무의 완성도인데…… 밀키웨이 애들의 기대보다 훨씬 잘해주고 있어.'

세 번째 앨범까지 오면서 밀키웨이는 이제 명실공히 최고의 걸 그룹으로 성장해 있었다.

오로지 인지도만이 최고가 아닐 뿐이었다.

'〈러닝〉으로 인지도까지도 완벽한 최고의 걸 그룹이 될 거다. 분명 그렇게 될 거야.'

　정호는 성공을 확신했다.

　'그렇게 대한민국 최고가 되면 이제 밀키웨이는 해외로 나간다.'

　정호만 이런 생각을 하는 게 아니었다.

　몇 주 만에 적응을 끝내고 매니저로 순조롭게 성장 중인 황태준도 정호와 비슷한 생각을 하고 있었다.

　"와…… 이번 밀키웨이 앨범 〈러닝〉은 빅대박이 나겠는데요? 입이 떡 벌어집니다."

　밀키웨이의 연습을 보던 황태준이 정호에게 말했다.

　"그러냐?"

　"네, 정말 굉장합니다. 이거 조만간 황사 마스크랑 선글라스를 준비해야겠네요."

　"그건, 왜?"

　"조만간 밀키웨이가 해외로 진출할 테니 중국 활동용 황사 마스크랑 일본 활동용 선글라스는 필수죠."

　정호가 황태준의 너스레에 피식 웃으며 물었다.

　"김칫국은…… 그래, 요즘 어떠냐?"

　황태준이 가슴을 탕탕 두 번 치며 대답했다.

　"저야 보이는 것처럼 잘 적응하고 있습니다, 하하하."

　"아니, 너 말고 대표님."

황태준은 당황했는지 얼굴이 굳었다.

"네? 대표님의 안부를 저한테 왜……?"

정호가 아무것도 아니라는 듯 손사래를 치며 대꾸했다.

"아니, 아까 로비에서 봤는데 대표님이 나가실 때 네가 제일 가까운 곳에서 인사를 드리는 것 같더라고. 그 정도면 대표님 안색이 어떤지 확인할 수 있는 거리잖아."

황태준이 안심했는지 굳었던 안색이 펴졌다.

정호가 특별 지시 때문에 대표님의 마음을 궁금해한다고 생각하는 모양이었다.

"아아, 대표님의 얼굴은 제대로 보지도 못했어요. 서둘러 고개를 숙이느라 바빴거든요. 그리고 신입 사원인 제가 만약 대표님의 표정을 봤어도 기분이 어떨지 어떻게 알겠습니까, 하하하. 그나저나 성우 때문에 걱정이 많으시군요. 걱정 마세요. 성우는 연습을 잘해내고 있잖아요."

"뭐…… 그렇겠지?"

"네, 그럴 겁니다. 하하하."

정호는 어영부영 대화를 마무리 지었다.

하지만 속으로는 다른 생각을 하고 있었다.

'으이구, 둔한 짐승아. 내가 네 속을 다 안다. 다 알아.'

그렇게 여느 때보다도 빠르게 시간이 지나갔다.

이제 정호의 앞에는 두 개의 냄비가 끓고 있었다.

하나는 해외 진출의 초석을 다지고 있는 밀키웨이라는 냄비였고, 다른 하나는 사내 경쟁의 우위를 결정할 황성우라는 냄비였다.

'질 좋은 재료로 빠진 순서 하나 없이 완벽하게 끓였다. 이제 뚜껑을 열어볼 차례다.'

아직 둘 중 어느 냄비도 뚜껑을 열어보지 못한 상태지만 왠지 벌써 맛을 알 것 같았다.

두 냄비에서는 모두 맛있는 냄새가 났다.

밀키웨이의 안무 연습실 옆 비상계단.

어두침침한 그곳에서 누군가가 어디론가 전화를 걸고 있었다.

잠시 동안 통화 연결음이 길게 이어졌고 마침내 상대방이 전화를 받았다.

"접니다, 곽 전무님. 오정호에 대해서 드릴 말씀이 있습니다."

전화를 걸고 있는 사람은 다름 아닌 황태준이었다.

10장. 소유하고 싶지만 소유할 수 없는 뮤직비디오

정호는 밀키웨이의 성공에 대한 분명한 확신이 있었다.

그건 자신감 넘치는 마케팅 전략으로부터 나온 확신이었다.

이번 정호의 마케팅 전략은 '특별한 뮤직비디오'였다.

밀키웨이의 뮤직비디오는 팬들 사이에서 썩 반응이 좋지 않았다.

실제로 어느 동영상 재생 사이트를 가더라도 뮤직비디오 보다는 무대 공연 영상이 압도적인 재생 숫자를 확보하고 있었다.

'지금까지 밀키웨이의 뮤직비디오는 곡에 어울리는 콘

셉트를 정확하게 짚고 그걸 잘 풀어내는 걸 핵심으로 잡았다. 그러다 보니 1차원적인 감각으로 뮤직비디오가 제작되는 한계가 있었지.'

이런 뮤직비디오를 찍어온 것에는 특별한 이유가 없었다.

그것이 신인 걸 그룹의 곡을 홍보하는 가장 무난한 방식이었기 때문이었다.

인기를 끌어보겠다고 복잡한 구도와 예술성을 강조하면 오히려 역효과가 났다.

특히 걸 그룹 영상을 가장 많이 찾아보는 군인들의 눈을 어지럽히는 결과가 나올 수도 있었다.

'이 시기에는 가장 먼저 재생되지는 않지만 한 번쯤 손이 가도록 하는 게 포인트지.'

하지만 이제는 상황이 달랐다.

더 이상 밀키웨이는 신인 걸 그룹이 아니었다.

최상위권 걸 그룹의 자리를 노리고 있었다.

게다가 수준 높은 뮤직비디오는 홍보의 효과뿐만이 아니라 기존의 팬들을 다양하게 결집시키는 중요한 요소가 되기도 했다.

특별한 것을 보고, 특별한 것을 소장하고, 특별한 것과 소통하고자 하는 욕구는 아이돌 팬덤 문화의 핵심이었다.

'이번에는 전혀 다르게 간다. 회사에서도 제작비를 넉넉하게 책정했어.'

◇ ◆ ◇

정호는 뮤직비디오 감독으로 훌륭한 족적을 남기고 있는
김정욱 감독과 약속을 잡았다.

개인적으로 정호가 좋아하는 인물이었다.

자기가 제작하던 의상의 홍보 영상을 찍다가 이쪽 분야
로 입문한 사람이었는데 영상을 담아내는 아이디어와 센스
가 일품이었다.

홍보 목적의 영상을 찍어본 사람이라서 그런지 영상도
보기 좋고 깔끔하게 잘 찍어냈다.

'그리고 아직 이 사람이 이번 시간에서는 시도하지 않은
마케팅이 있지.'

정호는 사무실 겸 작업실에서 김 감독과 인사를 나눴다.

김 감독을 만나는 것은 다소 어색했다.

김 감독이라는 사람 자체가 과묵한 면도 있었지만 이전의
시간에서 깊은 친분을 나눈 바 있기 때문에 더욱 그랬다.

'괜히 아는 척을 하고 개인사를 줄줄 읊어봐야 의심만
살 뿐이다. 일 얘기를 좋아하는 사람이니 일 얘기를 하자.'

정호는 간단히 근황을 묻고 본격적으로 일 얘기를 시작
했다.

예전에 김 감독의 입을 통해서 직접 들었던 뮤직비디오
에 대한 몇 가지 의견을 정호는 자신의 것처럼 각색해서 말
했다.

금방 김 감독의 흥미를 보였고 결국에는 과묵한 김 감독의 입에서 이런 얘기가 나왔다.

"저랑 생각이 정말 비슷하시군요."

하지만 여기서 끝이 아니었다.

잠시 후 정호의 입에서 생각지도 못한 아이디어가 튀어나오자 김 감독이 깜짝 놀랐다.

"오, 이럴 수가…… 그렇게 한다면 확실히 전혀 다른 콘셉트의 뮤직비디오가 한 편의 영상처럼 연결되겠군요."

"어때요, 가능할까요?"

갑작스러운 질문이었지만 김 감독은 정호의 의중을 파악했다.

정호는 김 감독에게 이번 뮤직비디오의 콘셉트가 어떤 것인지 설명하고 이 뮤직비디오를 촬영해줄 수 있는지 묻고 있는 것이었다.

김 감독은 잠시 말이 없었다.

지그시 눈을 감은 채 정호가 제시한 그림을 머릿속으로 그려보는 것 같았다.

잠시 후 김 감독이 눈을 뜨고 고개를 끄덕였다.

"물론입니다. 제가 하겠습니다."

그렇게 정호는 이번 시간에서도 김 감독의 마음을 얻는 데 성공했다.

◇ ◆ ◇

일주일 후, 뮤직비디오 촬영 날이 밝았다.

뮤직비디오 촬영을 위해 이동을 하면서 정호는 밀키웨이 멤버들에게 촬영 콘셉트를 설명했다.

정호의 설명이 끝나자마자 호기심 많은 하수아가 되물었다.

"그럼 오늘, 두 편의 뮤직비디오를 찍는 거예요?"

"맞아, 그런 거지."

정호는 그날 김 감독에게 두 편의 뮤직비디오를 찍자고 제안했다.

한 편은 김 감독의 느낌을 잘 살려낸 〈러닝〉의 뮤직비디오였다.

건강미와 청춘미가 잘 드러나는 〈러닝〉의 콘셉트에 맞게 김 감독의 방식으로 찍어내면 되는 뮤직비디오였다.

이번 전략의 핵심은 다른 한 편의 뮤직비디오에 있었다.

바로 〈러닝〉 앨범에 수록되는 다른 곡의 뮤직비디오를 만드는 것이었다.

'이번 〈러닝〉 앨범에 함께 수록되는 〈똑같은 나날, 조금도 같지 않은 날〉은 한유현의 역작 중 역작이다. 이대로 그냥 내보내기는 아까워.'

그래서 정호는 〈똑같은 나날, 조금도 같지 않은 날〉의 뮤직비디오 제작을 제안했다.

하지만 이 뮤직비디오는 평범한 콘셉트의 뮤직비디오가 아니었다.

이 뮤직비디오에는 〈러닝〉 뮤직비디오의 제작 뒷이야기가 담기는 동시에 멤버들의 무명 시절 이야기가 에피소드별로 그려질 예정이었다.

'똑같은 나날을 살던 밀키웨이 멤버들이 끊임없는 러닝 끝에 조금도 같지 않은 날을 만난다는 콘셉트지.'

김 감독은 정호만이 기억하고 있는 과거의 시간에서 이와 같은 뮤직비디오를 찍은 적이 있었다.

어느새 20대 후반이 되어버린 어느 걸 그룹의 마지막 앨범을 이 방법으로 담아내 큰 화제를 모았다.

'걸 그룹의 이름이 프로방스였던가? 이 뮤직비디오 덕분에 프로방스의 마지막 앨범은 팬들의 호평을 얻으면서 대박이 났지. 그 결과, 팬들은 프로방스의 해체 이후에도 프로방스를 잊지 못하고 그리워했다.'

정호는 이 방법을 밀키웨이의 이번 앨범에서 활용할 생각이었다.

'이 방법이라면 밀키웨이의 성공은 분명해진다.'

밀키웨이 멤버들은 촬영에 자연스럽게 녹아들었다.

본인의 얘기가 영상으로 풀어진다고 생각하니 마음이

편한 모양이었다.

김 감독 특유의 촬영 방식도 밀키웨이 멤버들의 촬영에 도움을 줬다.

김 감독은 선 굵은 지시로 혼란이 없는 가운데 자유롭게 촬영을 임할 수 있도록 분위기를 형성했다.

촬영은 무사히 끝났고 일주일 후 김 감독이 정호에게 전화를 걸어왔다.

"신유나 양의 영상이 특히 잘 나왔습니다. 자신을 가수의 꿈으로 이끌어준 할머니에 대한 애틋함이 잘 드러나는군요."

정호는 김 감독이 보내준 영상을 확인했다.

'이 정도로 퀄리티라니. 대박이군.'

김 감독은 신유나의 영상만을 칭찬했지만 다른 영상들도 신유나의 영상 못지않게 완벽한 퀄리티를 자랑하고 있었다.

이건 비단 정호의 생각만이 아니었다.

음원보다 먼저 공개된 밀키웨이의 두 편의 뮤직비디오는 온라인상을 뜨겁게 달궜다.

[나 울었다ㅇㅇ]

[감독 미쳤나? 무슨 봉찬호가 뮤비 찍은 줄…]

[ㅇㅇ뮤비계의 봉찬호로 불리는 감독이긴 함. 나도 개울었음.]

[우리 유나 너무 불쌍해…… 마이 퍼피……]

[이렇게 밀키웨이로 모여서 진짜 스타 중의 스타가 된 거구나…… 이번 뮤비는 밀키웨이의 기념비적인 사건으로 남을 듯하다…….]

[ㅋㅋㅋㅋㅋ이번에 입덕한 사람들 많네ㅋㅋㅋㅋ 나는 예전부터 밀키웨이 팬이었음ㅋㅋㅋㅋ]

[ㄴ나는 유미지의 해민주 시절부터 팬이었음ㅋㅋㅋㅋㅋㅋ]

[오늘도 유미지는 해민주 사건으로 의문의 1패.]

[강여운은 의문의 1승.]

[밀키웨이 너무 좋다ㅠㅠㅠ 밀키웨이 사랑해요ㅠㅠㅠ]

그리고 밀키웨이의 음원은 발표 3시간 만에 전 음원 사이트의 1위를 석권하는 기염을 토했다.

바야흐로 밀키웨이의 시대였다.

밀키웨이는 활동 기간 내내 굳건하게 1위 자리를 지켰다.

그러는 와중에도 두 편의 뮤직비디오는 계속해서 화제를 몰고 다녔다.

'프로방스 때보다 화제성이 크다. 어찌 보면 당연한 일이지. 프로방스는 인기가 다해서 사라질 날을 손꼽아 기다리던 걸 그룹이었지만 밀키웨이는 여전히 고속 성장 중인 걸그룹이니깐. 아마 화제성의 차이는 여기서 나고 있을 거야.'

이런 화제성을 등에 업고 1위 〈러닝〉에 이어서 2위 자리에 〈똑같은 나날, 조금도 같지 않은 날〉이 올랐다.

뿐만 아니라 이번 앨범에 수록된 다른 곡들도 음원 사이트에 줄 세우기를 시작했다.

'화제성이 눈덩이처럼 불어나고 있어. 반응이 심상치 않은데?'

정호의 생각대로 밀키웨이의 파급력은 대한민국을 넘어서기 시작했다.

동영상 재생 사이트 유터보를 중심으로 적지 않은 수의 아시아권 음악 팬들이 밀키웨이의 뮤직비디오를 찾아봤다.

이런 움직임을 포착한 청월의 홍보팀은 기획팀과 협의하여 아시아권 국가의 언어로 뮤직비디오의 노래 가사 자막을 제작하여 영상을 추가 유포했다.

그러자 정호조차 예상치 못한 반응들이 각국의 언어로 쏟아져 나왔다.

[밀키웨이? 이 정도 퀄리티라면 일본에서도 통할 것 같은데?]

[지금까지 이런 걸 그룹이 아직 인도네시아 시장에 등장하지 않았다니…….]

[중국으로 귀화해라, 밀키웨이! 너희라면 받아줄게!]

[이번에는 멤버 중에 태국인이 없는 건가요?]

정호는 줄지어 달린 댓글들을 보며 놀랐다.

'이 정도의 반응이라니…….'

놀란 건 정호만이 아니었다.

회의실에는 정호와 정 부장을 비롯한 권 팀장, 황 팀장이 모였다.

먼저 정 부장이 입을 열었다.

"정호야, 어떻게 생각하냐? 솔직히 이런 반응이면 애들을 서둘러 내보내야 하는 거 아니냐?"

충분히 가능성이 있는 얘기였다.

흐름을 탔을 때 결과를 낼 수 있다면 좋을 테니깐.

하지만 정호는 정 부장의 말에 조심스럽게 접근했다.

"좋은 생각입니다만 아직 애들이 준비가 되지 않았습니다. 또 각 국가별로 전략을 세우지 않고 시장에 접근했다가는 분명 탈이 날 겁니다."

아직 이 시기에는 해외로 나가기만 하면 대박이 날 거라는 생각이 어렴풋이 남아 있었다.

'잘못된 생각이다. 무작정 나가기만 해서는 안 돼. 이 시기부터 국가별 전략이 없는 아이돌 그룹은 큰 실패를 맛보게 된다.'

정 부장도 이런 흐름을 파악하고 있는지 정호의 말에 고개를 끄덕였다.

"요즘은 약간 그런 추세이긴 하지. 그래도 이런 반응을 놓치는 건 좋지 않은 것 같은데…… 무슨 좋은 방법 없냐?"

정호는 잠깐 생각에 빠져 있다가 황 팀장에게 물었다.

"팀장님. 현재 밀키웨이의 뮤직비디오를 가장 많이 보고 있는 국가가 어디입니까?"

기획팀 황 팀장이 통계 자료를 뒤적였다.

"음…… 인도네시아나 태국, 말레이시아, 싱가포르 같은
동남아시아 국가들의 언어로 자막을 삽입한 뮤직비디오가
높은 조회수를 기록했네."

"그렇다면 동남아시아 시장에만 밀키웨이의 앨범을 먼
저 발매하는 게 좋겠습니다."

그러자 홍보팀 권 팀장이 물었다.

"동남아시아에만요?"

"네, 그게 좋겠어요. 하지만 아직 한국 활동도 끝나지 않
은 〈러닝〉의 앨범을 푸는 건 좋지 않을 것 같습니다. 그렇
다고 〈테니스 스커트〉와 〈피아노 레인〉을 하나씩 간격을
두고 동남아시아 시장에 푸는 것도 그다지 좋은 방법 같지
는 않습니다. 밀키웨이의 동남아시아에서 활동 시기를 늦
추는 결과로 나타날 수 있으니까요."

"그렇다면 어떻게 할까요?"

회의실에 앉아 있는 네 사람 중의 세 사람의 눈이 정호를
향했다.

정호는 그 시선을 느끼며 담담하게 대답했다.

"〈테니스 스커트〉와 〈피아노 레인〉의 통합 앨범으로 해
외 시장을 겨냥하죠."

매니지먼트 제왕

11장. 환호와 분노

한편 프로듀싱 101 시즌2도 첫 방송이 있었다.

방송 전부터 대대적인 홍보가 있었기 때문에 많은 시청자들이 첫 방송을 시청했다.

1위 백지훈, 8위 황성우, 27위 김재현.

첫 방송 후 순위 발표에서는 총괄매니지먼트부 2팀의 백지훈이 앞으로 치고 나갔다.

아역 배우로 활동한 바가 있고 이미 방송 전에 충분히 화제가 되었던 탓에 높은 순위를 차지할 수 있었다.

황성우는 8위로 나쁘지 않은 순위를 기록했다.

반면에 총괄매니지먼트부 1팀의 김재현은 27위로 다소 저조한 순위에 위치했다.

'내가 기억하고 있는 그대로의 순위군.'

예상한 그대로의 순위였기 때문에 정호는 이 결과에 크게 주목하지 않았다.

정호는 촬영이 거듭될수록 황성우가 좋은 결과를 낼 수 있을 것이라고 확신했다.

그런 까닭에 정호가 주목한 것은 오히려 다른 부분이었다.

2위 정문복.

'그러고 보니 정문복이 있었군.'

정문복은 어릴 적 최강스타K에 출연하여 범인이 이해할 수 없는 독특한 랩으로 수많은 굴욕 영상을 쏟아낸 연습생이었다.

하지만 이런 청소년기의 굴욕을 이겨내고 프로듀싱 101 시즌2에 출연했고 열렬한 남성팬들의 지지를 받으며 첫 순위 발표에서 2위의 자리를 차지하는 기염을 토해냈다.

'하지만 방송이 진행되면서 점차 순위가 떨어졌지. 그러다가 결국 최종 11명에 들지 못하고 탈락했다.'

어쩔 수 없는 결과였다.

프로듀싱 101 시즌2 자체가 남성팬들의 시선을 끌지 못했다.

그러다 보니 남성팬들의 열렬한 지지를 받던 정문복은 탈락의 수모를 피할 수 없었다.

'이때까지만 해도 정문복이 또다시 재기할 수 있을 거라고 생각하는 사람은 없었다. 간신히 이겨낸 성장기의 상처가 프로듀싱 101 시즌2의 탈락으로 다시 벌어지고 말았다고 생각했으니깐.'

그러나 그것은 착각이었다.

정문복은 또 한 번의 위기를 보기 좋게 이겨냈고 2년 후 가수로 정식 데뷔를 하는 데 성공했다.

'탑급 가수는 아니었다. 하지만 여러 가수들과 음반 작업을 하며 자신만의 독특한 자리를 확보하는 데 성공했지.'

정호는 정문복을 주목하기로 했다.

프로듀싱 101 시즌2에서 자신이 기억하고 있는 과거보다 성장 가능성을 보여준다면 자신의 사람으로 데려올 생각이었다.

◇ ◆ ◇

프로듀싱 101 시즌2는 정호의 확신대로 이전의 시간과는 전혀 다른 방향으로 흘러갔다.

정호는 4화 방송분인 그룹 배틀을 앞두고 있는 황성우의 컨디션을 확인하기 위해 황태준에게 전화를 걸었다.

"성우, 어떠냐?"

"최고입니다. 컨디션도 컨디션이지만 춤 실력이 단연 최고로 눈에 띌 정도입니다. 아마 오늘 무대를 씹어 먹을 거예요. 하하하."

황태준의 말대로 황성우는 최고의 활약을 선보였다.

센터의 자리를 누구보다도 완벽하게 소화했다.

그리고 그 결과는 그대로 순위로 나타났다.

1차 순위 발표식.

1위 백지훈, 2위 황성우, 14위 김재현.

이전의 시간에서 황성우 순위는 4위였다.

하지만 이번에는 훌쩍 순위가 뛰어올라 2위의 자리에 올랐다.

변해버린 사건을 마주하며 정호가 생각했다.

'본격적인 순위 경쟁이 시작됐군. 슬슬 마케팅 폭탄을 투하할 시간이다.'

◇ ◆ ◇

정호는 휴게실에 앉아 실시간으로 2차 순위 발표식을 확인하고 있었다.

"민 과장님, 발표 시작합니다!"

오늘은 강여운의 스케줄이 없는 모양인지 마찬가지로 휴게실에서 빈둥거리고 있던 민봉팔과 김만철이 같이 2차 순위 발표식을 시청했다.

"오오, 대박. 기대된다!"

"오오, 대박. 기대됩니다!"

민봉팔과 김만철이 커피를 다 마신 종이컵을 한 손에 쥐고 구기며 흥분했다.

'뭐야…… 얘네는 쌍둥이인가?'

정호가 두 사람을 흘깃 보면서 생각했다.

어느덧 프로듀싱 101 시즌2는 8주 차까지 진행됐다.

그사이 보컬, 댄스, 랩으로 파트를 나눈 포지션 평가가 있었다.

각 포지션별로 1위를 선별하는 평가였다.

보컬 부분에서는 임건희라는 연습생이 1위를 차지했다.

하지만 임건희의 1위는 상위권 순위 변동의 큰 영향을 끼치지 못할 것이 분명했다.

프로듀싱 101 시즌2는 방송이 거듭될수록 상위권 연습생들의 팬덤이 점점 견고해지고 있어서, 하위권 연습생들의 신규 상위권 진입이 쉽지 않았다.

정호가 생각했다.

'높은 순위에 오르려면 좋은 실력뿐만이 아니라 빼어난 매력을 뽐낼 필요가 있지. 그래도 변화가 아예 없는 건 아니다.'

총괄매니지먼트부 1팀에서 놀고만 있었던 건 아닌지 이전의 시간에서 보컬 8위였던 김재현이 보컬 3위로 순위가 변동돼 있었다.

'하지만 아직 김재현의 팬덤이 상위권 순위를 바꿀 정도는 아니야.'

정호가 냉정한 평가를 내리며 생각을 이어 나갔다.

'눈여겨봐야 할 것은 댄스와 랩 파트의 포지션 평가다.'

특히 댄스 포지션에는 백지훈, 황성우, 강대니얼, 김새뮤얼, 반우진 등 상위권에 속하는 많은 연습생들이 포진돼 있었다.

하지만 이전의 시간에서 현장 투표의 1위는 모든 상위권 연습생을 꺾고 노태환이 차지했다.

이번에도 예외는 없었다.

아무리 황성우가 특훈을 받았다고 하지만 오랫동안 춤을 춘 사람을 꺾을 순 없는 일이었다.

'그래도 성우는 자신의 실력을 충분히 보여줬다. 충분히 만족스러워.'

이 사실은 댄스 포지션 평가의 순위로 나타났다.

1위 노태환, 2위 황성우, 4위 반우진, 13위 백지훈, 22위 강대니얼, 24위 김새뮤얼.

또다시 바뀌어버린 상황을 보며 정호가 속으로 환호했다.

'좋아, 순위가 바뀌었다! 이전의 시간에서 14위였던 성우의 순위가 2위로 훌쩍 뛰었어!'

댄스 포지션 1위 노태환은 워낙 이전의 순위가 낮아 임건희와 마찬가지로 상위권 순위에는 변동을 주지 못할 것이다.

이전의 시간에서도 그랬기 때문이었다.

하지만 2위 황성우와 13위 백지훈의 순위는 2차 순위 발표식에서 격차를 낼 수밖에 없는 상황이었다.

'뿐만 아니다. 랩 포지션 평가에서 각각 1위와 3위를 차지한 권종현과 라이언린의 약진도 2차 순위 발표식에 큰 영향을 끼칠 것이다.'

그렇게 기대감 속에서 2차 순위 발표식이 시작됐다.

기대는 결과가 되어 돌아왔다. "정호야, 대박이다!"

민봉팔이 환호를 지르며 정호를 끌어안았다.

'왜, 왜 그래. 징그럽게.'

정호가 이런 생각을 하고 있는 사이 김만철은 정호를 끌어안고 있는 민봉팔을 끌어안았다.

"오 과장님, 대박입니다!"

정호는 두 사람 몫의 무게감을 느꼈다.

'얼씨구. 이런 쌍둥이들⋯⋯.'

정호는 속으로 생각했지만 두 사람을 밀어내지 않았다.

정호도 내심 기뻤기 때문이었다.

2차로 발표된 순위는 다음과 같았다.

1위 권종현, 2위 라이언린, 3위 황성우, 4위 백지훈, 8위 김재현, 9위 강대니얼.

총괄매니지먼트부 3팀이 처음으로 2팀을 꺾는 순간이었다.

◇ ◆ ◇

총괄매니지먼트부 2팀의 강 부장은 모던한 느낌이 물씬 풍기는 책상을 강하게 내리쳤다.

쾅! 하는 소리가 사무실 내부로 울려 퍼졌다.

"젠장!"

포지션별 평가의 결과를 보고 어느 정도 각오를 하긴 했지만 실제 순위를 보니 눈앞이 아득했다.

강 부장의 예상보다 백지훈의 순위가 낮았기 때문이었다.

'이대로는 안 돼. 이대로라면 밀려 버리고 말 거야.'

단순히 이번 특별 지시 사항에 걸려 있는 상여금이 욕심나는 게 아니었다.

이건 총괄매니지먼트부 각 팀의 자존심 싸움이었다.

'총괄매니지먼트부 1팀은 김재현을 8위 자리에 올리면서 체면치레를 했다. 하지만 2팀은 아니야. 이번 사내 경쟁에서 가장 높은 순위를 차지해야 하는 건, 다름 아닌 총괄매니지먼트부 2팀이다!'

강 부장의 말이 맞았다.

청월 내에서 가수 전문 팀으로 불리는 총괄매니지먼트부 2팀으로서는 절대 밀려서는 안 되는 싸움이었다.

'오정호라고 했나…… 어쩌다가 총괄매니지먼트부 3팀 같은 곳에 그런 인재가…….'

보고받은 정호의 정보를 떠올리다가 강 부장이 이를 바득 갈았다.

　철저한 데이터와 체계화된 방식으로 움직이는 강 부장의 성격상 이런 상황은 절대 용납할 수 없었다.

　자신이 계산을 끝낸 이상 한 치의 오차도 생겨나면 안 된다고 생각하는 사람이 바로 강 부장이었다.

　'이대로 당할 수는 없다.'

　한참 사무실 안을 서성이던 강 부장이 수화기를 들었다.

　"염 과장, 어서 들어와. 저번에 말했던 노이즈 마케팅 건 다시 브리핑해 봐. 빨리!"

　한편 정호는 황태준과 전화 통화를 하며 누군가를 만나기 위해 이동 중이었다.

　"어, 그래. 수고 많았다. 앞으로도 잘하고…… 특히 성우가 흥분하지 않게 도와줘야 할 거야. 그래, 그래야지…… 밀키웨이는 지금 라디오 생방송 들어갔어. 나는 잠깐 약속 있어서 방송국 앞에 나왔고…… 알았다. 또 전화할게. 계속 수고해라."

　그렇게 황태준과의 전화 통화를 끝내고 정호는 방송국 앞 카페 안으로 들어갔다.

　이곳에는 프로듀싱 101 시즌2의 한 연습생이 정호를

기다리고 있었다.

'예전에는 몰랐지만 이번에는 확실히 알 수 있었다. 어째서 정문복이 반복되는 실패에도 재기를 할 수 있었는지.'

정호와 약속을 잡은 연습생은 바로 정문복이었다.

프로듀싱 101 시즌2가 진행되는 내내 정호는 정문복을 주시했다.

'정문복이 이 방송에서 성공하지 못한 이유는 프로듀싱 101 시즌2의 속도를 따라가지 못했기 때문이다. 뿐만 아니라 다른 연습생들에 비해서 아이돌 준비 기간이 많이 늦었던 것도 큰 약점이 되었지. 그럼에도 불구하고 정문복은 어느 연습생들보다도 빠르고 분명하게 계속해서 변화를 꾀했어. 이게 정문복의 의지와 재능을 엿볼 수 있는 대목이다.'

정문복의 두 번째 재기를 알지 못했다면 아마 정호도 정문복의 대단함을 알지 못했을 것이다.

하지만 정호는 정문복의 두 번째 재기를 알았기 때문에 정확하게 정분복의 의지와 재능을 파악할 수 있었다.

'정문복은 잡아서 해가 되지 않을 인재야. 오히려 내가 구상하는 청월의 미래에 큰 가치를 부여할 수 있을 거다. 다만 유앤유에서 정문복을 어떻게 데려오는가 하는 문제가 남았는데……'

황태준과 황성우를 통해 어렵게 잡은 약속이었다.

정문복을 영입하려면 반드시 이번에 정문복의 마음을 사로잡을 필요가 있었다.

정호가 카페 안을 두리번거리며 정문복을 찾았다.

정문복은 긴 생머리를 늘어뜨린 채 멍하니 창가 자리에 앉아 있었다.

"저기 정문⋯⋯."

정호가 정문복을 부르며 다가가려고 할 때 누군가 선수를 쳤다.

"아니, 정문복 연습생 아닙니까? 이런 우연이라니! 안녕하세요, 코끼리팩토리 기획의 한경수 과장입니다."

뒤늦게 정신을 차린 정문복이 정호를 발견했는지 당황해하며 한경수의 인사를 받았다.

한경수도 정문복의 시선을 느낀 모양이었다.

등을 진 채 서 있던 한경수가 고개를 돌려 정호를 바라봤다.

정호와 한경수, 두 사람이 시선이 허공에서 부딪혔다.

12장. 살인자의 건강법

　이번 시간에서 정호와 한경수는 초면이었다.

　정호는 의도적으로 한경수를 피하고 있었다.

　현재의 역량으로는 도저히 한경수를 저지하거나 방해할 방법이 없다고 판단했기 때문이었다.

　정호의 판단은 옳았다.

　한경수는 쉽게 막을 수 있는 종류의 사람이 아니었다.

　대기업 회장의 손자라는 배경 외에도 한경수는 어마어마한 힘을 보유하고 있었다.

　바로 한경수의 어머니가 암흑세계 1인자의 딸이라는 힘이었다.

　결국 한경수는 암흑세계 1인자의 손자이기도 했다.

'함부로 건드렸다가는 아무것도 해보지 못하고 개죽음을 당할 수도 있어.'

그렇게밖에 생각할 수 없는 상황이었다.

한경수에게는 가장 강력한 권력이 양손에 쥐어져 있었다.

전혀 모자랄 것이 없는 삶이었고 누구도 쉽게 약점을 찾을 수 없는 삶이었다.

세련된 수트 차림으로 서 있는 한경수를 찬찬히 훑으며 정호가 생각했다.

'그러고 보니 이맘때쯤이었지. 새로운 장난감을 찾다가 우연히 한경수가 연예계에 발을 들이게 된 게…….'

놀이를 하는 가벼운 마음으로 연예계에 발을 들여놓은 한경수였다.

하지만 한경수는 금세 생각보다 연예인이라는 장난감이 호락호락하지 않다는 걸 깨닫게 됐다.

'연예인은 장난감이 아니라 사람이다. 아무리 강력한 권력과 많은 돈이 있어도 모든 게 해결되지 않는다는 뜻이다. 권력과 돈으로 모든 걸 해결하던 한경수에게는 낯선 상황이었지.'

갖지 못하는 장난감이 더 귀해 보인다고 해야 할까.

의외의 어려움들에 처하면서 한경수는 점차 연예계를 정복하고자 하는 욕망이 커져 갔다.

매니지
먼트의
제왕 2

'그러던 와중에 나를 만났지. 또래이고 연예계에 대한 경험이 많은 나는 한경수에게 좋은 도구였다.'

그건 정호 또한 마찬가지였다.

정신적 지주로서 정호를 이끌어주던 윤 상무의 부재로 정호는 갈팡질팡하던 차였고 윤 상무 없이도 자신이 잘해 낼 수 있다는 걸 증명하기 위해 안절부절못하던 때였다.

새로운 도움이 정호에게는 절실하게 필요했다.

그때는 그렇다고 믿었다.

'그렇게 서로의 이해관계가 맞아떨어졌고 우리는 의기 투합하여 연예계를 정복하고자 했다. 나의 경험과 한경수 의 권력이라면 못할 것이 없다고 생각했으니깐.'

그리고 이 생각이 틀렸다는 게 이전의 시간에서 증명됐 다.

◇ ◆ ◇

한경수는 아직 상황을 파악하지 못했는지 당황해하는 정 문복과 정호를 한 번씩 번갈아가면서 쳐다봤다.

그런 한경수를 보면서 정호는 속으로 빠득, 이를 갈았다.

'정문복을 새로운 장난감으로 고른 건가? 이게 어떻게 된 일이지? 저번 시간에서 한경수는 정문복에게 관심이 없 었는데⋯⋯.'

사실 이건 정호로 인해 벌어진 일이었다.

이전의 시간에서는 정호가 정문복에게 관심이 없었기 때문에 정문복이 방송국 앞에서 커피를 마시는 일이 벌어지지 않았다.

하지만 이번 시간에서는 정호가 정문복을 불러냈고 우연히 이곳에서 커피를 마시던 한경수가 정문복을 발견하고 새로운 장난감으로 고르게 된 일이 생기고 만 것이다.

상황을 파악한 정호는 서둘러 한경수와 정문복이 있는 곳으로 다가갔다.

'확인해 보자. 한경수가 정말 정문복에게 관심이 있는지.'

한경수의 얼굴이 가까워질수록 정호는 화가 치밀었고 구토가 나올 듯했지만 간신히 참았다.

'아직 복수의 시간이 아니다…… 아직 때가 아니야……'

정호는 그렇게 주문을 외우듯 속으로 중얼거리며 마음을 다스렸다.

그러고는 한경수 앞에 서서 웃음까지 지으며 손을 내밀었다.

"반갑습니다. 청월 엔터테인먼트의 매니지 오정호 과장이라고 합니다. 코끼리팩토리 기획의 한경수 과장님이시죠?"

정호와 정문복을 번갈아보던 한경수도 이내 상황을 파악했는지 손을 내밀어 악수를 받았다.

"아아, 선약이 있으셨군요. 네, 안녕하세요. 코끼리팩토리

기획의 한경수 과장입니다. 저 역시 반갑습니다."

손을 내미는 순간, 한경수의 눈이 번뜩이는 것을 정호는 캐치해 냈다.

정호가 잘 알고 있는 탐욕에 사로잡힌 눈빛이었다.

'분명하다. 한경수는 정문복을 노리고 있어. 하지만 그게 전부가 아닌 것 같은데…… 설마……?'

한경수는 가볍게 정호의 손을 맞잡고 손을 뗐다.

대기업 회장의 손자다운 나무랄 데 없는 완벽한 비즈니스 매너였다.

한경수가 정호와 눈을 맞추며 입을 열었다.

"이 업계에서 명성이 자자한 오정호 과장님을 이렇게 만나다니 영광이군요. 정문복 연습생과 선약이 있으셨습니까? 이거, 이거 굉장히 놀랍네요. 제가 평소 흠모하던 두 사람을 이런 우연으로 한곳에서 만나게 되다니."

한경수는 자연스러운 처세술로 정호와 정문복 사이에 끼어들고 있었다.

여기서 정호는 확신할 수 있었다.

'나를 알고 있다…… 그리고 의도적으로 이 자리에 끼어들려고 하고 있다…… 노리는 건 정문복뿐만이 아니구나, 한경수.'

정호는 이런 생각을 하며 한경수를 바라봤다.

"정문복 연습생에게 관심이 있었군요? 하지만 그게 전부가 아닌 모양입니다?"

한경수의 얼굴에 당황한 빛이 어렸다.

"네? 그게 무슨……."

"저까지도 노리고 있는 겁니까?"

"네?"

"한경수 씨, 당신은 저까지도 영입하고 싶은 겁니까?"

잠시간의 정적.

당황해하던 한경수가 정적을 깨고 큰 소리로 웃었다.

"하하하. 대단하다고는 들었지만 이 정도까지일 줄은 몰 랐군요. 홍캐리의 전설을 만든 게 우연이 아닌 모양입니다."

그러더니 한경수가 웃음을 멈추고 자신감에 찬 표정과 목소리로 정호에게 말했다.

"맞습니다. 저는 정식으로 오정호 씨를 영입하고 싶습니 다."

그 순간, 갑자기 정호의 눈에는 한경수의 얼굴에서 민봉 팔의 얼굴이 오버랩 됐다.

정호가 참지 못하고 한경수의 자신감 넘치는 얼굴을 향 해 주먹을 휘둘렀다.

"지랄하지 마."

◇ ◆ ◇

카페의 모든 사람들의 시선이 한곳으로 모였다.

시선의 종류는 가지각색이었다.

당황해하는 시선, 경악하는 시선, 전혀 상황조차 파악하지 못한 시선.

그런 시선들이 주먹을 휘두른 정호와 주먹에 맞고 바닥에 쓰러진 한경수에게 쏠려 있었다.

한경수가 얻어맞은 뺨을 부여잡은 채 말을 더듬었다.

"이, 이게 대체 무, 무슨⋯⋯."

이 상황을 황당해하던 한경수가 몸을 일으키며 버럭 화를 냈다.

"야 이 새X야, 너 미쳤어!"

하지만 정호는 그런 한경수를 보며 차가운 눈빛을 보냈다.

실제로 정호의 마음은 차갑게 가라앉은 상태였다.

"안 미쳤다."

"그럼 새X야, 이게 도대체 무슨 짓이야!"

정호는 대답하지 않았다.

대신 한경수를 향해 한 걸음 더 다가갔다.

그 모습은 마치 주먹을 또다시 휘두를 것 같아서 아슬아슬했다.

한경수가 뒷걸음질을 쳤고 가장 가까이서 이 모습을 지켜보던 정문복이 정호를 막기 위해 나서려고 했다.

정호가 손을 들어 정문복에게 다가오지 말라는 신호를 보냈다.

그러고는 말했다.

"한경수, 똑똑히 들어라. 이번에는 주먹 한 대지만 너는 이제 곧 이 주먹보다 매섭고 두려운 일을 당하게 될 거다."

한경수는 주먹에 맞은 것도 모자라 뒷걸음질 친 것이 창피했는지 말을 더듬거리며 대꾸했다.

"그게 무슨 헛소리야, 이 새X야!"

정호는 대답 없이 다시 한 번 차가운 눈으로 한경수를 바라봤다.

'뭐, 뭐야. 이 새X. 진짜 나를 죽일 것만 같은 눈빛이잖아.'

한경수가 겁먹은 마음을 숨기기 위해 발악했다.

"그게 무슨 헛소리인지 대답하라고! 이 새X야!"

하지만 정호는 끝내 대답하지 않았다.

정호의 대답은 다른 곳에서 이뤄지고 있었다.

―시간을 결제하시겠습니까?

시간을 되돌리기 전, 마지막으로 정호는 겨우 주먹 한 대에 겁을 먹은 한경수의 얼굴을 눈에 담았다.

'꼭 몸 건강히 있어라, 한경수. 또 보자.'

정호는 이번에도 다음을 기약했다.

더 크고 통쾌한 진짜 복수를 다짐하며.

◇ ◆ ◇

―결제되었습니다. 당신이 원하는 시간을 얻습니다.

[결제한 포인트 : 120 / 남은 포인트 : 29100]

두 시간 전으로 돌아온 정호는 정문복과의 약속 장소부터 변경했다.

"생각해 보니 그곳은 문복 씨를 알아볼 사람이 많아서 좋지 않을 것 같더군요. 제가 다른 곳을 섭외해 두었으니 그곳으로 가시죠."

정문복은 흔쾌히 약속 장소 변경에 동의했다.

약속 시간에 맞춰 변경된 장소로 나갔다.

도시 외곽의 크지 않은 카페에서 이번에도 정문복은 긴 생머리를 한껏 뽐내며 일광욕을 즐기고 있었다.

정호는 정문복을 향해 다가가며 생각했다.

'여기라면 한경수를 마주칠 일은 없겠지…… 후…… 그래도 왠지 불안하군…….'

애써 마음을 다스리며 정문복을 향해 인사했다.

"안녕하세요, 정문복 씨. 이렇게 만나는 건 처음이군요. 저는 청월 엔터테인먼트의 매니저 오정호 과장이라고 합니다."

인사를 하고 나자 초조했던 감정이 사라지고 마음이 편해졌다.

"네, 안녕하세요. 성우에게 과장님 얘기 많이 들었어요."

그렇게 대화가 시작됐다.

무대에서는 가끔 감정이 격해지는 면이 없지 않아 불안했지만 실제로 만난 정문복은 엉뚱하지만 정도를 지킬 줄 알았다.

덕분에 이야기는 자연스럽게 흘러갔고 정호의 계약 제의
도 좋은 타이밍에 튀어나왔다.

하지만 정문복의 대답은 정호의 예상을 벗어났다.

"죄송합니다만 저는 유앤유를 떠나고 싶지 않습니다. 제
스승님이나 다름없는 아웃라이더 형도 거기에 계시거든요."

"그렇습니까?"

정호가 되묻자 정문복이 고개를 끄덕이며 말을 이어 나
갔다.

"네…… 절 믿어주시는 분이니 조금 더 말씀해 드리면
제가 프로듀싱 101 시즌2에 나온 것도 아이돌이 되기 위함
이 아니라 저를 조금이라도 알리고 싶어서였어요. '아직 정
문복이 죽지 않았다. 과거의 굴욕 영상을 이겨내고 이만큼
이나 성장했다.' 이런 것을요. 약간 욕심이 생겨버렸지만."

정호는 고개를 끄덕였다.

확실히 정문복은 아이돌 느낌과는 약간 거리가 있는 게
사실이었다.

'그래도 이렇게까지 거절을 할 줄은 몰랐군.'

정호는 정문복이 유앤유가 아닌 다른 소속사로 데뷔를
한다는 것을 기억하고 있었다.

그래서 정문복에게는 유앤유에 대한 애정이 강하지 않을
거라고 생각했다.

'쉽지 않을 수도 있다고는 생각했지만 이런 식의 강한
유대감을 형성하고 있을 줄이야…….'

특히 아웃라이더를 언급할 때 정호는 정문복의 얼굴에서 강한 신뢰감을 확인할 수 있었다.

정문복은 정호가 실망을 했다고 생각했는지 정호에게 말을 걸었다.

"어렵게 발걸음을 하셨는데 이런 말씀드려서 정말 죄송합니다."

그렇게 말하는 정문복을 보자 불쑥 불안함이 솟아올랐다.

터무니없는 상상이지만 한경수가 왠지 정문복을 채갈 것만 같았다.

'정문복의 마음을 사로잡아야 해! 방법이 없을까…… 무슨 방법이…….'

그때 익숙한 음성 하나가 정호의 머릿속에 끼어들었다.

―정문복(남, 23)의 신뢰를 결제하시겠습니까? 결제 페널티가 주어집니다.

◇ ◆ ◇

'이게 뭐지? 사람의 마음을 신뢰 포인트로 얻을 수 있다는 뜻인가?'

상상도 하지 못했다.

이 능력에 이런 기능이 숨겨져 있을 줄은.

'2년이 넘는 시간 동안 이런 사실을 파악하지 못했다니…….'

정호는 스스로의 무지에 놀라는 한편 이 상황을 이해했다.

'확실히 시간을 되돌릴 수 있다는 능력이 너무 대단해서 다른 기능이 있을 거라고는 생각할 수 없었다. 이미 너무나 말이 되지 않는 상황이었으니깐. 그리고 이 기능이 숨겨져 있던 게 아닐 수도 있어. 시간이 지나면서 자연스럽게 생긴 것일 수도 있지.'

여러 가지 가정이 머릿속을 스쳐 지나갔지만 결국 어느 쪽이든 상관없다는 생각이 들었다.

'당장 이 능력을 어떻게 활용할 것인지 생각하자. 정문복의 마음을 얻어야 해.'

동시에 의문의 음성이 언급한 페널티라는 것도 마음에 걸렸다.

어떤 페널티가 어떤 방식으로 주어지는 것인지 전혀 알 수 없었기 때문이었다.

문득 한 가지 사건의 정호의 머릿속에 떠올랐다.

'혹시 로또 때처럼……?'

과거 정호는 민봉팔 어머니의 수술비를 마련하기 위해 시간을 되돌려 로또를 한 적이 있었다.

그때는 별생각 없이 로또를 했고 로또 번호를 맞춰 적지 않은 금액을 얻었지만 생각해 보니 이상한 점이 한두 가지가 아니었다.

'그날 난 정 부장님과 술을 마셨지만 그렇게까지 취할

상황이 아니었다. 평소보다 이해할 수 없을 정도로 빠르게 취했어. 그리고 그날 내가 취해서 정 부장님에게 로또 1등에 당첨된 걸 말한 것은 사실이지만 정 부장님은 그 사실을 아무에게도 말한 적이 없다고 했다.'

처음에 정호는 정 부장의 말을 믿지 않았다.

로또 당첨 소문을 알고 있는 사람들이 전부 정 부장에게 소식을 전해 들었다고 말했으니깐.

하지만 정 부장이 어떻게 말을 전했는지 물으면 아무도 그걸 정확히 기억하지 못했다.

"정 실장(정 부장)이 어떻게 그 얘길 꺼냈냐고? 언제였더라…… 휴게실이었나?"

"언제긴 언제야. 술 먹다가 얘길 했겠…… 가만 정 실장 (정 부장)이 술 먹고 그런 얘길 할 사람이 아닌데…… 왜 그랬지?"

이전의 시간부터 정호도 정 부장을 알았기 때문에 정호는 결론을 내릴 수 있었다.

'정 부장은 아무에게도 말하지 않았다. 그런 얘길 하고 다닐 사람이 아니야.'

이 사실은 얼마 후 갑작스럽게 들려온 음성으로 확실해졌다.

—정도를 지나친 시간 결제의 페널티. '유출'이 끝이 납니다.

정호는 고민했다.

'이번에도 로또 때처럼 내가 정문복의 마음을 얻었다는 소문이 유출되는 걸까? 근데 그게 무슨 소용이지?'

로또 때와는 다르게 이 건의 '유출'은 페널티로서 아무런 소용이 없었다.

로또 당첨 사실은 퍼지자마자 돈을 빌려 달라는 여러 사람들과 기부를 요청하는 각종 단체의 전화가 왔다.

그게 정호를 물리적으로나 정신적으로 굉장히 괴롭게 만들었다.

하지만 정문복의 영입 사실을 전해 듣고 그렇게 전화를 걸 사람이나 단체는 없었다.

'그렇다면 다른 페널티가 적용될 가능성이 높지 않을까…… 그게 뭘까?'

그때 정호의 눈치를 살피며 타이밍을 재고 있던 정문복이 조심스럽게 입을 열었다.

"이만…… 얘기는 다 끝낸 것 같은데 일어나실까요? 아시다시피 저도 이제 슬슬 연습을 하러 갈 시간이라서……."

정문복이 자리에서 일어났고 정호는 다급함을 느꼈다.

'어떤 페널티일지 모르지만 일단 이 기능을 사용해 보자. 정문복을 놓칠 수 없어. 오늘이 아니면 다시 접촉할 방법이 생기지 않을 수도 있고.'

정문복은 이제 곧 있을 3차 순위 발표식에서 탈락의 고배를 마시기로 되어 있었다.

정문복과의 접점이 황성우뿐인 정호로서는 이 기회가 거의 마지막일지도 몰랐다.

—정문복(남, 23)의 신뢰를 결제하시겠습니까? 결제 페널티가 주어집니다.

'결제한다!'

—얼마만큼의 결제를 하시겠습니까?

'1000포인트!'

—결제되었습니다. 정문복(남, 23)의 신뢰를 얻습니다.

'페널티! 페널티는 뭐냐!'

—당신은 결제한 포인트의 3배의 시간 동안 어떤 결제도 할 수 없습니다.

1000포인트의 세 배는 3000포인트였다.

단순히 계산하자면 50시간, 약 이틀간의 시간이었다.

정호는 이 기간 동안 시간을 되돌릴 수도 신뢰를 포인트로 얻을 수도 없는 상황에 처했다.

정호가 1000포인트를 결제한 것은 즉흥적인 판단이었
다.

신뢰가 갈 만한 행동을 했을 때 보통 100포인트 정도를
획득했기 때문에 1000포인트라면 정문복의 신뢰를 충분히
얻을 수 있을 거라고 생각했다.

하지만 그것은 정호의 판단 착오였다.

정호는 카페를 떠나기 전, 고개 숙여 인사를 하는 정문복
을 붙잡았다.

"문복 씨, 한 번만 더 생각을 해봐 주시길 부탁드리겠습
니다. 저로서는 문복 씨를 어떻게든 영입하고 싶습니다."

정호가 정중히 정문복에게 요청했다.

'포인트로 신뢰를 얻었으니 분명 긍정적인 답변을 얻을 수 있을 거야.'

정문복이 잠시 정호를 가만히 바라봤다.

고민하는 기색이 느껴졌다.

잠시 후 정문복의 대답이 돌아왔다.

"저를 신뢰해 주시고 높게 평가해 주셔서 감사합니다만 제 결정에는 변함이 없습니다. 죄송합니다. 다음에는 좋은 인연으로 뵐 수 있다면 좋겠네요. 그럼 이만……."

정문복은 다시 한 번 정호에게 고개 숙여 인사했고 그대로 카페 밖으로 나갔다.

정호는 약간 놀라서 떠나는 정문복의 뒷모습을 바라만 보고 있었다.

'이게 어찌된 일이지? 분명 포인트를 결제해서 정문복의 신뢰를 얻었는데…….'

의문으로 가득하던 정호의 머릿속이 한 가지 답을 도출해냈다.

'설마…… 1000포인트로는 정문복의 완전한 신뢰를 얻을 수 없는 건가?'

그리고 정호는 깨달았다.

자신이 사람의 신뢰라는 것에 대해서 안일하게 생각했음을.

한 사람의 신뢰를 얻기에 1000포인트는 너무나 적었다.

◇ ◆ ◇

"허……."

헛웃음이 나왔다.

그리고 헛웃음과 함께 상황을 감정적으로 대처하던 정호가 객관적인 판단력을 되찾았다.

'아직 과거의 망령이 나를 붙잡고 있는 건가…….'

정호는 자신도 모르게 초조해하고 있었음을 인정했다.

한경수를 만난 순간부터 복수를 하고 싶다는 마음과 정문복을 뺏겨서는 안 된다는 마음이 결합하여 정호를 초조하게 했다.

'그러다 보니 너무나 쉽게 유혹에 넘어갔다…… 15년 전으로 돌아오며 했던 다짐이 허공으로 흩어진 것처럼…….'

도저히 해서는 안 되는 일이었다.

누군가의 신뢰로 새 삶의 기회를 얻은 정호인 만큼 사람의 마음을 가지고 놀아서는 절대로 안 될 일이었다.

'악용의 가능성이 있는 기능이라면 내 스스로가 절제하여 폐지했어야 했는데…….'

정호가 씁쓸하게 웃으며 후회했다.

그나마 다행인 점은 이번 일을 계기로 정호도 깨달은 바가 있다는 점이었다.

'1000포인트를 결제하여 내가 정문복에게 들은 말은 겨우 '다음에는 좋은 인연으로 뵐 수 있다면 좋겠네요.' 정도였다······ 아마 이보다 두 배, 세 배를 결제했어도 정문복의 마음을 얻을 수 없었겠지······ 어떤 가치로도 환산할 수 없는 것······ 이게 사람의 마음이니깐.'

정호의 머릿속에는 잠깐 '만약 가진 포인트를 전부 쏟아부었다면 정문복의 신뢰를 얻을 수 있지 않았을까?' 하는 생각이 들었지만 이내 고개를 가로저으며 그 생각을 지웠다.

감당할 수 없는 페널티를 떠나서 감당할 수 없는 생각이었다.

'연예인은 도구가 아닌 사람이다. 그렇게 생각하는 사람만이 진짜 매니저가 될 수 있다.'

정호는 그렇게 다시 한 번 스스로의 가치관을 확립했다.

이 일을 후회로 날려 보내기보다는 교훈의 계기로 삼는 게 나았다.

그게 정호가 현재 할 수 있는 최선이었다.

생각을 정리한 정호는 밀키웨이가 출연 중인 라디오 녹음실로 향했다.

정문복을 만나고 정호가 돌아오는 데 걸린 시간은 채 30분도 되지 않았다.

밀키웨이가 특별 무대를 꾸미는 초중반의 촬영은 이미 직접 눈으로 확인한 상태였다.

'유나의 솔로곡 소화 능력은 이미 팬들 사이에서 유명했지만 서연이의 진짜 랩 실력은 이런 기회가 아니면 보여주기가 쉽지 않지. 확실히 반응이 좋다. 뿐만 아니라 미지와 수아가 꾸민 듀엣곡 무대도 상당한 호평을 이끌어내고 있어.'

청취자의 반응을 확인하며 녹음실에 도착하자 촬영은 어느새 막바지에 이르러 있었다.

유미지가 청취자의 질문을 읽었다.

"강정훈 씨. 이번에 먼저 공개된 두 편의 뮤직비디오는 저도 굉장히 흥미롭게 봤습니다. 특히 〈똑같은 나날, 조금도 같지 않은 날〉의 뮤직비디오는 밀키웨이가 어떤 과정을 거치며 스타가 됐는지 확인할 수 있다는 점에서 팬으로서 고마운 선물이었습니다. 다만 이 뮤직비디오가 밀키웨이의 실제 이야기와 얼마나 같은지 궁금하네요. 실화와 몇 퍼센트 정도 일치하나요?"

보이는 라디오의 진행자인 개그맨 윤국주가 자연스럽게 흐름을 이끌었다.

"캬~ 오늘 영스의 마지막 질문으로 아주 적절한 걸 찾아서 읽었네요. 역시 우리 미지~ 리더 미지~ 어때요? 답해주셔야죠. 몇 퍼센트 일치하나요?"

유미지가 대답했다.

"한…… 98퍼센트 정도?"

"오, 98퍼센트? 그럼 나머지 2퍼센트는?"

"약간 달라요."

"어떻게? 어떤 점이?"

"저희 밀키웨이가 가장 존경하는 분의 이야기가 그 뮤직 비디오에는 담기지 않았거든요."

여기까지 이야기가 이어지자 윤국주는 무슨 얘기인지 알 았다는 듯 말했다.

확실히 귀가 밝은 라디오 진행자다웠다.

"혹시 설마 밀키웨이의 매니저인 그분?"

유미지가 듣기에 좋은 청량한 웃음소리를 내며 대답했 다.

"네, 맞아요. 그분이에요."

"아~ 알아요, 그분. 잠깐만. 이 질문은 우리 미지가 대답 하면 안 될 것 같아요. 미지는 너무 착해서 객관적이지 못 해. 자, 유나 양. 대답해 주시겠어요? 그분은 어떤 분이신 가요? 객관적으로."

윤국주는 공을 신유나에게 넘겼다.

보이는 라디오였기 때문에 이런 식의 속도감 있는 진행 도 별로 어색하지 않았다.

뿐만 아니라 화제성이 대단했던 만큼 윤국주도 〈똑같은 나날, 조금도 같지 않은 날〉의 뮤직비디오를 본 적이 있었 다.

워낙 영상이 잘 담겼기 때문에 〈똑같은 나날, 조금도 같 지 않은 날〉의 주인공은 누가 봐도 신유나였다.

윤국주 입장에서는 신유나에게 이 질문을 넘기는 게 더 나았을 것이다.

"오 과장님이 방송에서 자기 얘기 하는 걸 무척이나 싫어하지만 이렇게 된 이상 얘기해야겠네요."

"그럼요, 그게 유나 양이 살고 밀키웨이가 살고 영스가 사는 길이니까요."

"이전에도 말한 바가 있듯이 사실 이렇게 밀키웨이가 멤버들이 모일 수 있었던 것은 전부 오 과장님이 덕분이에요. 삶의 가장 어려운 처지에 놓인 저희들을 데려와서 가족을 주고, 친구를 주고, 꿈을 준 분이 바로 오 과장님이죠. 객관적으로도 이게 사실이기 때문에 이렇게밖에는 말할 수 없겠네요. 제 입장에서 솔직히 오 과장님 얘기를 객관적으로 할 수 없는 것도 좀 있지만요."

신유나가 본인답지 않은 장황한 얘기를 꺼내면서 정호가 지켜보고 있는 부스 너머를 쳐다봤다.

다른 멤버들도 마찬가지였다.

정호의 표정을 살피는 것처럼 시선이 부스 너머로 향했다.

보이는 라디오였기 때문에 이 장면은 그대로 방송으로 송출됐다.

밀키웨이 멤버들의 시선을 느끼고 윤국주가 서둘러 입을 열었다.

"오~ 우리 얼음 공주, 얼음 강아지 신유나 양이 이 정도로 말할 정도면 밀키웨이의 매니저인 오 과장님이라는 분이 정말 대단한 것 같네요. 아마 청취자 여러분도 밀키웨이를 이렇게 모으고 키워주신 오 과장님한테 큰 고마움을 느끼고 있을 거예요. 자, 이쯤에서……."

다소 어색한 윤국주의 마무리 멘트였다.

그러자 어김없이 오서연이 끼어들었다.

"엥? 갑자기 서둘러 방종?"

하수아가 그런 오서연을 말렸다.

"괜히 끼어들지 말고 그냥 둬. 슬슬 끝낼 시간이잖아. 방송 시간 넘어가면 편성이 전체적으로 다 꼬인대. 그럼 국주 언니도 곤란할 거야."

"그래?"

"그렇대. 그러니깐 좀 어색하게 끝내게 둬."

갑작스럽게 훅, 하고 들어온 오서연과 하수아의 콤비 플레이에 윤국주가 특유의 호탕한 웃음소리를 냈다.

"하하하. 역시 우리 수아가 방송을 잘 알아요. 그래요. 정말 이제 아쉽지만 헤어질 시간입니다. 마지막으로 밀키웨이의 리더 미지 양이 차분하고 짧게 소감 한마디 해주세요."

"오늘 이렇게 영스의 청취자 여러분을 만나게 되어 즐거웠고요……."

어느새 정호를 향했던 밀키웨이 멤버들의 눈은 유미지를 향해 있었다.

하나같이 동료를 아끼고 사랑하는 마음이 담겨 있는 눈빛이었다.

정호는 찬찬히 그런 밀키웨이 멤버들의 얼굴을 살피며 생각했다.

'이 아이들이다…… 내게 주어진 정당한 대가. 내가 지켜야 하고…… 나를 지켜줄…… 진정한 신뢰.'

다음 날.

주제가 다른 두 종류의 기사가 인터넷상을 떠들썩하게 달궜다.

하나는 밀키웨이에 관한 기사였다.

—'영스' 밀키웨이 "어려운 처지에 놓인 저희들을 데려온 사람은 바로… · "

—스타보다 더 반짝반짝 빛나는 스타 매니저의 등장?

—첫 라디오 게스트 출격 밀키웨이, 이보다 더 완벽하지는 못할 것 같아요(종합)

—신유나 "뮤직비디오에 등장하지 않았지만 등장해야만 했던 사람 있어"

—유미지&하수아의 소름 끼치는 듀엣 무대, 또 다른 이슈 영상 등장

—모든 밀키웨이 멤버들의 시선이 5초간 동시에 머물

렀던 그곳?

—[윤정혜 칼럼] 연예계의 숨겨진 주인공은 매니저

밀키웨이에 관한 기사도 굉장히 많았지만 정호를 다룬 기사도 적지 않았다.

외부에 노출이 되는 걸 극도로 꺼려하는 정호로서는 부담스러울 만한 상황이었다.

'휴…… 이번 앨범 활동이 마무리되는 시점에서 벌어진 일이니 기분 좋은 상황으로 봐야 할까……? 그래, 어차피 해외 활동이 시작되면 이런 이슈도 잠잠해질 거니까…….'

꽤 골치가 아프긴 했지만 다른 종류의 기사에 비하면 이 정도 상황은 아무것도 아니었다.

다른 하나는 황성우에 관한 기사였다.

—성실해 보였던 황성우, 탄탄하고 성실한 알몸 공개?

—인기를 끌기 위한 전략, 지나치면 독이 된다

—알몸 공개 황성우, "지난밤 내가 같이 있었다." 여성 등장

—청월 측 "사진 속 주인공 황성우 아니야"

—'프듀101 시즌2', 정도를 넘어선 노이즈 마케팅 이대로 괜찮나?

—두 시간 만에 흔적도 없이 사라진 여성, 당사자 없는 뜨거운 진실 공방

1, 2차 순위 발표식 전부터 SNS상에서는 비슷한 노이즈 마케팅 전략이 판을 쳤지만 이런 식으로 기사화가 되는

경우는 없었다.

무엇보다 이건 마케팅이 아니었다.

황성우를 저격하는 의도적인 언론플레이였다.

'누가 이런 말도 안 되는 얘길 흘린 거지……? 역시나 그 곳인가……?'

사실 관계를 면밀히 조사할 필요는 있지만 짚이는 곳이 없는 것은 아니었다.

'우선 거기부터 확인해 봐야 해…… 그나저나 시간을 돌려 이 상황을 예방하고 싶어도 그럴 수 없다니…… 하필 이럴 때…….'

정호는 아직 결제 페널티가 28시간이나 남아 있었다.

'침착하자. 준비해온 마케팅 전략이라면 이 상황을 충분히 덮을 수 있을 거다.'

지이잉.

때마침 정 부장으로부터 전화가 걸려왔다.

정호가 전화를 받았다.

"정호야, 어떻게 대응할지 생각해 봤냐?"

"네."

"어떻게 할 거냐?"

"그 방법을 쓰겠습니다. 폭탄을 준비해 주세요."

매니지먼트

14장. 불꽃놀이

우선 정호는 청월 측의 입장을 재정리하여 보도 자료부터 내보냈다.

사진 속 주인공은 황성우가 아니며 이와 같은 악의적인 사진을 유포한 사람을 찾아내 강력한 법적 대응을 하겠다는 내용의 보도 자료였다.

황성우와 같이 있었다는 여성의 주장 역시 사실무근이며 이 여성에 대한 대응도 법적으로 처리하겠다는 내용 또한 빠뜨리지 않고 기사에 포함했다.

하지만 들끓기 시작한 여론은 쉽게 사그라들지 않았다.

악의적인 소문은 다른 악의적인 마음을 만나 끊임없이 소문을 재생산했다.

그러자 평소 프로듀싱 101 시즌2를 즐겨보며 어느새 황성우의 팬이 되어 버린 황 팀장이 분노했다.

"소속 연예인을 보호하기 위한 소속사의 흔한 언론플레이라니! 지금 언론플레이를 한 게 누군데! 정호야, 가만히 있을 거야? 당장 그 기사를 내보내자, 응? 그럼 여론은 귀신같이 긍정적인 방향으로 돌변할 거야. 그치? 너도 그럴 것 같지?"

회의실에는 기획팀 황 팀장 외에도 어김없이 정 부장과 홍보팀 권 팀장이 자리해 있었다.

정호가 입을 열기 전에 정 부장이 먼저 나서서 황 팀장을 말렸다.

"황 팀장아, 너도 잘 알면서 왜 그러냐? 일단 불을 꺼야 불꽃놀이도 시작하지."

"불꽃놀이고 나발이고, 내가 이대로라면 제 명에 못 살 것 같아서 그래. 정호야, 다 터뜨리자. 응? 터뜨려 줄 거지?"

졸지에 황 팀장은 정호의 팔을 잡고 매달렸다.

그런 황 팀장을 권 팀장이 떼어냈다.

"어머, 어머. 진짜 애 왜이래? 이번 일은 우리 홍보팀에서 잘 처리할 예정이니깐 너는 그냥 지켜보기만 해. 성우는 나도 좋아한다, 애."

"성우? 권 팀장, 너 성우랑 말 놓은 거야? 그렇게 친해졌어? 벌써?"

**매니지
먼트의
제왕2**

"호호호, 너도 알다시피 내가 워낙 성격이 좋잖니. 진즉에 누나, 누나 부르면서 성우가 날 따라다니고 있지."

"그게 진짜야? 야, 오정호! 너 정말, 이럴 거야? 나한테는 왜 성우가 누나라고 안 부르는 건데!"

"어머, 애. 참아라. 그게 어디 정호 탓이니? 다 성격 좋은 내 탓이지. 호호호."

정호는 두 팀장의 오두방정에 머리가 지끈거리는 것 같았다.

'처음 황성우 문제가 터졌을 때도 이러지는 않았는데⋯⋯.'

한 손으로 이마를 부여잡으며 정호가 대답했다.

"정 부장님 말대로입니다. 화려한 불꽃놀이를 위해서는 밤이 될 때까지 기다릴 필요가 있죠. 3차 순위 발표식 전까지 더 이상의 언론 대응은 없을 겁니다."

황 팀장이 다시 조르기 시작했지만 정호의 입장은 한결같았다.

며칠 후, 3차 순위 발표식이 있었다.

이번 언론플레이의 여파가 그대로 드러난 순위가 발표됐다.

발표된 순위는 다음과 같았다.

1위 강대니얼, 2위 백지훈, 3위 김재현, 8위 황성우, 27위 정문복.

발표된 순위를 보며 정호가 생각했다.

'이전의 시간과 거의 비슷한 3차 순위다. 예상대로 결국 강대니얼이 강력한 팬덤을 구축하며 1위 자리에 올랐군.'

실력도 실력이지만 강대니얼은 독보적인 매력을 가진 연습생이었다.

이건 3개월의 피나는 연습으로도 넘을 수 없는 부분이었다.

'그나저나 3위 김재현은 의외인데? 총괄매니지먼트부 1팀의 노력이 결과를 만들어내고 있어.'

총괄매니지먼트부 1팀은 다양한 마케팅 전략으로 김재현 팬덤의 충성도를 높이는 데 열중했다.

그 결과가 3차 순위 발표식의 결과로 나타났다.

'김재현은 이전보다 무난하게 최종 순위에 들 수 있겠어. 역시 총괄매니지먼트부 1팀…… 만만치 않아…….'

몇 년 전부터 청월이 빠른 성장세를 보일 수 있었던 것은 이런 저력 때문이었다.

프로듀싱 101 시즌2에서 이런 청월의 저력은 십분 발휘되고 있었다.

'정문복은 예상대로 이번 순위 발표식에서 탈락했군. 유앤유와의 계약 기간이 1년 반 정도 남았다고 했나? 다음번에는 정말 좋은 인연으로 만날 수 있다면 좋을 것 같은데…….'

매니지
먼트의
제왕 2

포인트로 정문복의 신뢰를 얻을 생각은 더 이상 없었지만 정문복 자체를 포기한 것은 아니었다.

가능하다면 오랫동안 쌓아온 자신만의 노하우로 차근차근 정문복의 마음을 얻을 생각이었다.

'탑급 연예인을 만드는 것도 중요하지만 개성 있는 연예인을 많이 확보해야 회사가 안정적인 수익 구조를 가질 수 있다. 탑급 연예인의 의존도가 높으면 계약 여부에 따라 회사가 기울고 말 거야.'

이게 정호가 정문복의 영입을 원하는 이유였다.

정문복은 탑급 가수는 아니지만 충분히 회사에게 안정적인 수익을 가져다줄 수 있는 개성이 뛰어난 연예인이었다.

'마지막으로 문제의 황성우. 8위라…… 이런 와중에도 순위를 잘 유지했다고 봐야 할까…….'

정호는 황성우가 간신히 11위 정도를 할 거라고 생각했다.

그 정도로 이번 언론플레이의 여파는 작지 않았다.

방송 진행 중 보여준 실력으로 단번에 끌어모은 팬들이 많았기 때문에 팬들의 충성도가 높은 편이 아니었다.

이 점에 황성우의 순위 변동에 큰 영향을 끼쳤다.

'하지만 그만큼 다시 돌아올 팬들도 많다는 뜻이다. 오래 준비한 전략이 잘 먹히길 바라는 수밖에.'

3차 순위 발표 당일, 정호는 계획대로 공중을 향해 폭탄을 투하했다.

화려한 불꽃놀이의 시작이었다.

◇ ◆ ◇

　—프듀101 시즌1 우승자 홍예림, 황성우와 친분 과시?

　—문제의 사건 당일, 황성우는 유기견 봉사 활동

　—홍예림, 절친 황성우를 위해 지원 사격 "우리 황땡이 오빠 잘 봐주세요!"

　—'프듀101 시즌2' 황성우, "예림이랑은 연습생 시절을 함께 보낸 사이"

　—'아직 미성년자라고요!' 황성우와 홍예림의 어처구니 없는 연애설

　—알몸남 No! 알고 보니 훈훈한 남자 Yes! 황성우, 10년 전부터 유기견 봉사

　하나둘 기사가 올라가기 시작하면서 상황은 정호의 예상대로 흘러갔다.

　먼저 유기견 봉사 부분은 이전의 시간에서도 있었던 일이었다.

　황성우는 10년 전부터 꾸준히 유기견 봉사를 다니고 있었다.

　이 사실은 프로듀싱 101 시즌2가 끝나고 몇 달 후 알려졌고 그 결과 황성우의 미담이 널리 퍼지는 계기가 됐다.

　정호는 이 미담이 프로듀싱 101 시즌2 도중에 퍼질 수 있도록 노력했다.

그리고 일은 황성우가 먼저 정호를 찾아오면서 생각보다 잘 풀렸다.

　3개월간 청월에서 말도 안 되는 수준의 특훈을 받았던 황성우는 프로듀싱 101 시즌2의 각종 트레이닝이 상대적으로 여유롭게 느껴졌는지 조심스럽게 정호에게 요청을 했다.

　"제가 오랫동안 다녔던 봉사 활동이 있는데요……. 거길 요즘 통 가질 못해서 마음이 좋지 않아요……. 과장님만 허락해 주신다면 다녀오고 싶습니다……."

　정호는 흔쾌히 허락했다.

　허락하지 않을 이유는 없었다.

　실제로 황성우의 스케줄은 방송 전보다 여유로웠고 꾸준히 실력을 키워 나가야 할 보컬 부분은 단 하루도 빠짐없이 성실하게 훈련을 받고 있었다.

　정호 입장에서는 오히려 너무 쉬질 않는 거 같아서 걱정스러울 정도였다.

　"원한다면 시간이 날 때마다 적당히 쉰다는 마음으로 다녀와. 대신 태준이랑 얘기해서 스케줄 잘 조율하는 거 잊지 말고."

　황성우와 함께 봉사 활동 장소로 간 황태준은 열심히 황성우의 모습을 사진에 담았다.

　홍보팀 권 팀장은 이 사진으로 보도 자료를 만들었다.

정호의 마케팅 전략은 여기서 끝이 아니었다.

'앞으로 2년 후, 흥미로운 기사 하나가 뜬다.'

그건 과거 다양한 소속사의 연습생으로 전전하던 황성우가 우연히 홍예림을 만나 우정을 쌓았다는 기사였다.

실제로 황성우와 홍예림은 꾸준히 연락을 주고받으며 가끔 식사를 할 정도로 친분이 있는 사이였다.

'이 부분을 프로듀싱 101 시즌2 방송 도중에 기사화하여 내보내야 해! 그래야만 백지훈을 잡을 수 있다!'

정호는 황성우를 데려오기로 마음을 먹었을 때부터 이 부분을 기사화하기 위한 작업에 돌입했다.

홍예림이 같이 찍은 사진 하나만 SNS에 툭 하고 던지기만 해도 기사화가 될 수 있었지만 상황은 그렇게 간단하지 않았다.

홍예림의 소속사 JYB가 끼어 있었기 때문이었다.

'정 부장님이 적극적으로 JYB와 협상을 하지 않았다면 이런 결과가 나오지 않았겠지.'

소속 연예인의 이미지에 영향을 미칠 수도 있기 때문인지 JYB는 협상에 소극적인 편이었다.

특히 홍예림은 프로듀싱 101 시즌2 이후 서서히 인지도를 높여가는 도중이어서 더 조심스러운 부분이 있었다.

하지만 정 부장은 책임지고 이 부분을 협상하는 데 성공했다.

'여운이한테 부탁을 했다고 했나? 여운이에게 들어온 샴

푸 광고를 홍예림한테 양보하는 조건이라고 했지? 이런 식으로 도움을 받는군…….'

뿐만 아니라 JYB 소속의 연습생이 프로듀싱 101 시즌2에 합류하지 않았다는 점도 협상에 성공한 중요 요인 중 하나였다.

정호는 찬찬히 온라인상의 반응을 살피며 생각했다.

'노력 끝에 결국 모든 부분이 맞아떨어지게 하는 데 성공했다. 이제 불꽃놀이를 즐길 차례야.'

두 종류의 기사가 터지고 나서 황성우의 팬덤은 더 공고해지기 시작했다.

기존의 팬들은 역시 황성우가 그럴 리 없었다는 의견이었고, 떠났던 팬들은 황성우를 몰라보고 오해해서 미안하다는 의견이었다.

잠시 주춤했던 황성우가 다시 날아오르기 시작했다.

총괄매니지먼트부 3팀 직원이 모두 한자리에 모여 프로듀싱 101 시즌2의 최종 결과를 확인했다.

1위 강대니얼, 2위 황성우, 3위 백지훈, 5위 김재현…….

결과는 총괄매니지먼트부 3팀의 극적인 승리였다.

민봉팔과 김만철이 환호했다.

"민 과장님, 우리의 승리입니다!"

"만철아, 우리의 승리다!"

민봉팔이 샴페인을, 김만철이 폭죽을 터뜨렸다.

터뜨리기만 하면 상관이 없는데 어찌나 난리를 치는지 총괄매니지먼트부 3팀의 휴게실은 어느새 난장판이 됐다.

민봉팔의 샴페인 공격을 받던 정 부장은 웃음기 가득한 얼굴로 소리쳤다.

"아이, 자식들아! 누가 보면 황성우를 키운 게 너희인 줄 알겠다!"

정 부장의 외침에 민봉팔과 김만철이 머쓱해했고 총괄매니지먼트부 3팀의 직원들을 비롯한 기획팀과 홍보팀 직원들이 웃음을 터뜨렸다.

흥분을 한 사람은 민봉팔과 김만철만이 아니었다.

황 팀장도 흥분을 감추지 못했다.

"우오오오! 우리 예쁜 성우! 황땡이가 일을 저질렀구나 아아아! 아이고, 내 새끼. 아이고, 내 새끼."

감격에 젖은 황 팀장이 참지 못하고 눈물을 터뜨리자 권 팀장이 다가가 위로를 해줬다.

"어머, 우는 거야? 울지 마~ 내가 방금 성우한테도 울지 말고 앞으로도 잘하라고 문자 보냈어. 그러니깐 황 팀장도 울지 마~"

권 팀장의 말을 듣고 황 팀장이 푹 숙였던 고개를 홱, 하고 들었다.

"너 성우 번호 알아? 네가 성우 번호를 어떻게 알아?"

"호호호. 당연히 정호한테 물어봐서 직접 받았지~"

"이놈, 오정호오! 나한테는 성우 번호도 가르쳐주지 않고오오오!"

분노한 황 팀장을 권 팀장이 뜯어말렸다.

그런 황 팀장을 보며 정호가 속으로 생각했다.

'아니…… 애초에 성우 번호를 물어보지도 않았으면서…….'

잠시 후, 광란에 가까웠던 분위기가 조금 진정됐다.

샴페인으로 샤워를 한 정 부장이 정호에게 샴페인 잔을 건네며 물었다.

"고생했다, 오정호. 하지만 끝난 게 아닌 거 알지?"

정호가 정 부장의 샴페인 잔을 받으며 대답했다.

"알고 있습니다. 가능하다면 받은 대로 돌려줘야죠."

황성우를 언론플레이로 무너뜨리려고 했던 자들에게 복수를 다짐하는 정호였다.

공중을 향해 쏘아올린 폭탄이 모두 공중에서만 터진 것은 아니었다.

매니지먼트 제왕

15장. 위기의 일본 활동

며칠 후.

밀키웨이는 공식적으로 앨범 〈러닝〉의 활동을 마무리했다.

첫 음원 공개 후 활동 기간 내내 1위 자리를 놓치지 않았음은 물론이고, 콘텐츠 부분에서 기록적인 성과를 쏟아냈으며, 시종일관 화제를 몰고 다녔던 이번 활동이었다.

"대한민국은 밀키웨이에 열광을 했다."고 말해도 과언이 아니었다.

정호가 생각했다.

'국내 활동은 더없이 좋았다. 이제 드디어 밀키웨이가 해외 활동을 시작할 시기군. 가만 보자…… 권 팀장님이

뽑아준 판매 분석 자료가 어디 있었는데……'

정호는 노란 파일에서 프린트물을 찾아냈다.

'여기 있다…… 오! 직접적인 활동 없이도 동남아시아 시장에서는 좋은 성적을 거두고 있군.'

동남아시아 시장에 우선적으로 공개된 〈테니스 스커트〉와 〈피아노 레인〉의 통합 앨범은 적지 않은 양이 빠른 속도로 팔려 나가고 있었다.

'동남아시아 시장은 이 정도면 충분하다. 아직 몸집을 충분히 키우지 못한 청월로서는 더 이상은 무리야. 본격적인 동남아시아의 국가별 전략을 세우려면 아직 시간이 필요하다.'

언젠가는 적극적으로 공략을 할 필요가 있겠지만 지금의 청월은 이 분야의 전문 인력 자체가 부족한 상황이었다.

'내년이었나? 동남아시아 해외영업팀이 정식으로 발족되면 이와 관련된 부분은 점차 나아질 것이다. 지금은 동아시아 시장을 공략하는 게 우선이다.'

청월은 밀키웨이 이전부터 다양한 보이 그룹과 걸 그룹으로 중국과 일본 시장에 끊임없이 도전장을 던져왔다.

그런 까닭에 이와 관련된 인적 시스템과 현지 파트너와의 전문 교섭이 충분히 이뤄진 상태였다.

특히 이번에는 밀키웨이의 국내 활동을 눈여겨본 일본의 3대 음반 회사 중 하나인 네시라와의 파트너십 계약이 체결되어 더욱 기대가 됐다.

'음반 회사를 중심으로 시장이 형성돼 있는 일본에서 이런 계약은 쉽게 찾아오지 않는 행운이지. 아마 이맘때 네시라와 계약을 맺었던 건 다른 소속사의 다른 그룹이었던 거 같은데…… 미래가 바뀌었군…….'

밀키웨이의 활약은 정호가 알고 있던 미래를 바꿀 만큼이나 영향력이 컸다.

정호의 능력도 출중했지만 모두 멤버들이 잘 따라와 준 덕분이었다.

'내가 기억하는 게 정확하다면 네시라와 계약을 맺었던 다른 소속사의 다른 그룹도 네시라의 적극적인 후원에 힘입어 일본 시장에서 큰 성공을 이뤘지. 일본 시장을 속속들이 파악하고 있는 네시라를 잘 따른다면 이번 첫 해외 진출도 무리가 없을 거야.'

상황은 긍정적으로 흘러가고 있었다.

정호와 밀키웨이 멤버들은 일본에서의 스케줄을 소화하기 위해 공항으로 이동했다.

공항에 도착하기 전, 정호는 정 부장과 전화로 대화를 나눴다.

"확인해 보니 이번 황성우 건은 네가 말한 그곳에서 떡밥을 던진 게 맞더라."

매니지
먼트의
제왕 2

"역시 그렇습니까?"

"응. 지금 끈을 어떻게 돌려서 떡밥을 던진 건지 확인하고 있는데 일이 조금 복잡해질 것도 같아. 회사 내부에서 이상한 소문이 흘러나오고 있거든."

정 부장의 얘기를 듣고 정호가 생각했다.

'회사 내부라고? 가만…… 그 사건이 벌써 벌어지는 건가……?'

이 와중에도 정 부장은 계속 얘기를 이어 나갔다.

"아직 소문의 진위 여부를 확인해야 하는 단계라 자세히 말하긴 좀 그래. 어쨌든 상황이 완벽히 파악되면 대응을 할 예정이니깐 그렇게 알아라."

"네, 알겠습니다."

정호는 정 부장과의 전화를 끊었다.

'정말 그 사건이 벌어지는 걸까? 그 사건이라면 단순히 대응책을 마련하는 수준이 아니어야 할 텐데…… 나도 일본 활동을 마치고 돌아오는 대로 나름의 정보를 더 모아봐야겠군.'

정호의 귓속으로 유미지의 목소리가 들어왔다.

정호가 상념에서 빠져 나왔다.

"휴…… 긴장된다. 얘들아, 나 어때? 진짜 괜찮아?"

유미지의 말에 하수아에 대꾸했다.

"언니, 진짜 그만 좀 물어봐요. 벌써 스무 번째잖아."

"그래서 어떤데? 스무 번째 대답 좀 해줘봐."

"예뻐요, 예뻐."

"정말?"

"이제 스물한 번째."

"대답해줘~"

"네~ 예쁩니다."

유미지가 이렇게 의상에 신경을 쓰고 있는 것은 공항 패션 때문이었다.

정호가 보기에는 이미 매일 아침 경험하고 있는 출근길 패션과 큰 차이가 없는 문제임에도 불구하고 공항 패션은 전혀 다르다며 멤버들은 신경을 곤두세우고 있었다.

창밖을 내다보다가 무심코 고개를 돌린 신유나가 거울을 보고 있는 오서연을 발견했다.

"설마, 지금 거울 보고 있는 건 아니지?"

신유나가 못 볼 걸 봤다는 말투로 오서연에게 물었다.

오서연이 민망한 듯 큼큼, 헛기침을 두 번하며 거울을 손가방에 넣었다.

하수아가 호들갑을 떨었다.

"대박, 그거 거울 맞지? 얼굴이 비치는 술병 같은 거 아니지? 서연 언니의 손가방에 술이 아니라 거울이 들어 있다니……."

멤버들이 난리를 피우는 데에는 이유가 있었다.

오서연은 평소 숍을 벗어나면 거울을 보지 않았다.

외모에 자신감이 있어서가 아니라 보이는 것 자체에

별 감흥이 없었다.

워낙 패션 센스도 좋고 웬만한 배우 뺨치는 미모의 소유자였기 때문에 딱히 문제 삼을 만한 부분은 아니었다.

'그런 서연이까지 거울을 보다니, 공항 패션이 대단하긴 대단한 모양이구나……'

멤버들과 달리 정호는 여유로웠다.

멤버들의 패션 센스는 정호가 누구보다도 잘 알았다.

특히 하수아나 신유나는 각종 의류 브랜드에서 협찬이 물밀 듯이 들어오는 패셔니스타였다.

오서연의 행동에 충격을 받았는지 유미지가 울상을 지었다.

"서연이까지 저런다니…… 난 어떻게 해……."

결국 신유나까지 나서서 유미지를 위로했다.

"언니는 옷을 못 입는 게 아니라 외모가 청순해서 수수하게 입는 게 잘 어울리는 거라고 몇 번이나 말해요."

"그래도……."

"됐고. 노래 들을 거니깐 조금만 조용히 해요. 언니는 충분히 예뻐요."

다른 한쪽에서는 하수아와 오서연이 난리였다.

하수아는 밀키웨이 공식 팬클럽인 유니버스에 이 사실을 알려야겠다며 스마트폰을 꺼내 들었다.

확실히 유니버스에 알려지면 커뮤니티가 발칵 뒤집어질 만한 소식이었다.

유니버스도 오서연이 평소 어떤 성격인지 너무나도 잘 알았다.

"아싸, 대박 소식. 유니버스 여러분~ 여길 봐 주세요~"

스마트폰을 두드리는 하수아가 콧노래까지 부르며 좋아하자 오서연이 적극적으로 하수아를 저지했다.

"올리지 마, 술 줄게."

"됐거든~ 나는 언니처럼 술꾼이 아니거든~"

"네가 먹고 싶어 했던 거 있잖아. 돔 페리뇽 빈티지."

돔 페리뇽 빈티지는 스파클링 와인이었다.

술을 즐기지 않는 하수아였지만 와인만큼은 달랐다.

스마트폰을 들여다보고 있던 하수아가 고개를 들었다.

"진짜야?"

"응, 진짜."

"오케이! 그럼 협상 성공! 한 병 다 줄 거지?"

그렇게 차 안은 금세 떠들썩해졌고 어느새 공항 패션에 대한 부담감은 사라졌다.

덕분에 멤버들은 수백 대의 카메라 앞에서도 여유롭게 행동할 수 있었다.

'이제 곧 올라올 기사들이 기대되는군. 그 기사들은 이제 일본에서 볼 수 있으려나.'

수많은 플래시를 받으며 밀키웨이 멤버들의 본격적인 일본 활동이 시작됐다.

매니지 먼트의 제왕 2

◇ ◆ ◇

일본에 도착한 정호와 밀키웨이 멤버들은 네시라가 정해 준 대로 스케줄을 착실히 수행해 나갔다.

하나같이 한국과 정서가 다른 다양한 종류의 방송들이었다.

입국 전에 청월과 네시라가 상호 협의를 한 일정이었지만, 아무래도 현지 사정을 아는 네시라의 입김이 강하게 작용할 수밖에 없었다.

결국 이 방송들은 전부 네시라가 잡아준 셈이었다.

'하지만 불만은 없다. 일본 3대 음반 회사라더니 여러모로 우리를 배려한 느낌이 확실히 들어.'

특히 공항까지 마중을 나와 있었던 네시라의 직원이 정호의 마음에 쏙 들었다.

입국장을 벗어나자마자 한 일본 남자가 밝게 웃으며 정호와 밀키웨이 멤버들에게 다가왔다.

"안녕하세요, 나가토모 카즈마라고 합니다."

카즈마는 어눌하지만 한국말로 인사를 건넸다.

다소 뻔하고 단순하지만 배려심이 느껴지는 행동이었다.

정호가 씩, 웃으며 일본말로 대답했다.

"저도 반갑습니다. 밀키웨이의 매니저인 오정호라고 합니다."

정호의 인사를 듣고 카즈마가 반응했다.

"아아, 오 상. 얘기 많이 들었습니다. 한국에서 유능하기로 유명한 매니저라고 들었는데 일본말도 꽤 능숙하군요? 제 한국말 실력이 부끄러울 정도입니다."

카즈마가 정호를 자연스럽게 칭찬했다.

보통 매니저한테까지는 관심을 가지지 않는 법인데 여러모로 세심한 카즈마였다.

정호는 그런 카즈마가 마음에 들었다.

첫 만남의 어색함에서 벗어나기 위해 정호가 평소답지 않게 장난스러운 목소리로 대답했다.

"유능한 건 맞는 것 같지만 유명하지는 않습니다. 유명한 건 오히려 나가토모 쪽이 아닙니까?"

정호가 공을 차는 흉내를 내며 말했다.

카즈마가 씩 웃었다.

이탈리아 리그에서 뛰고 있는 축구 선수 나카토모 유토를 지칭한다는 걸 눈치챈 모양이었다.

"저는 그 나카토모가 아닙니다. 축구를 좋아하긴 하지만 전혀 할 줄 모르거든요. 어쨌든 이렇게 일본에서 여러분을 돕게 되어 영광입니다. 최선을 다하겠습니다."

카즈마의 마지막 말은 단순한 인사치레가 아니었다.

카즈마는 정말 최선을 다해서 정호와 밀키웨이를 도왔다.

통역부터 각종 생활의 편의까지 빠짐없이 꼼꼼히 챙기는 건 물론이었고 스케줄마다 동선과 콘셉트를 몇 번이고 확인하여 밀키웨이가 편한 분위기에서 방송을 할 수 있도록 신경 썼다.

해외 진출을 대비한 소속사 차원의 교육으로 멤버들은 일본어를 능숙하게 구사할 줄 알았지만, 실제 일본에서의 생활은 체감부터가 달랐다.

이런 점에서 카즈마의 배려는 큰 도움이 되었다.

'카즈마가 없었으면 정말 곤란할 뻔했어.'

카즈마가 없는 상황을 가정하자 아찔해지는 듯한 느낌을 받았다.

만약 그랬다면 정호는 단 한시도 쉬지 못하고 밀키웨이를 밀착 마크 했어야 했으리라.

'카즈마가 밀키웨이의 팬인 점도 나에게는 다행이지. 한결 여유롭구나.'

시간이 날 때마다 어눌한 한국어와 간단한 일본말을 사용하며 끊임없이 밀키웨이 멤버들에게 말을 거는 카즈마였다.

네시라와의 파트너십을 체결하기 전부터 카즈마는 밀키웨이의 열렬한 팬이었다고 했다.

지금도 카즈마는 오서연과 대화를 하고 있었다.

"정말 술을 가방에 넣고 다닐 정도로 좋아합니까?"

"그럴 리가요. 넣고 다니고 싶지만 가방이 작아요."

덕분에 정호는 굉장히 여유롭게 일본에서의 스케줄을 처리하고 있었다.

'편하다, 편해.'

정호가 일본 특유의 공기를 한껏 들이마시며 생각했다.

옆에 멀뚱히 서 있던 신유나가 정호의 허리를 쿡쿡, 찔렀다.

"응, 왜?"

"과장님, 도쿄는 공기가 안 좋대요."

신유나는 한마디를 던지고 휭하니 앞서 갔다.

뭔가 마음을 들킨 것 같아 괜히 머쓱해진 정호였다.

◇ ◆ ◇

밀키웨이는 한 달이라는 길지 않은 기간 동안 활동했음에도 불구하고 일본 현지의 좋은 반응을 이끌어내고 있었다.

정호와 밀키웨이 멤버들의 착실한 준비도 준비지만 확실히 네시라의 파워가 느껴지는 대목이었다.

특히 크고 작은 공연에서 밀키웨이에 열광하는 일본 사람들이 꽤 많았는데 모두 네시라 준비한 마케팅 전략 덕분이었다.

'네시라가 4대 민영 방송사의 좋은 방송들을 많이 잡아 준 덕분이다. 홍보가 아주 잘되고 있어.'

뿐만 아니라 밀키웨이 멤버들의 예능감도 나쁘지 않았다.

이번에도 하수아는 물 만난 고기처럼 활약했다.

'오늘 방송과 내일 공연만 잘 끝내면 이번 일본에서의 활동도 마무리가 되는구나. 성과가 있는 좋은 활동이었어.'

밀키웨이의 성과는 단순히 인지도에서만이 아니라 숫자로도 착실히 드러나고 있었다.

정호는 정 부장으로부터 기대 수익이 상당하다는 얘기를 전해들은 상태였다.

정호가 흐뭇하게 웃으며 밀키웨이 멤버들이 방송을 준비하는 모습을 지켜봤다.

그때 다급하게 카즈마가 대기실로 들어왔다.

"큰일 났습니다, 오 상. 저희 측에서 착오가 있었던 모양입니다."

"착오라니요? 그게 무슨 소리입니까?"

"오 상도 이 방송에 출연을 해야 할 것 같습니다."

"네?"

정호가 놀라서 되물었다.

밀키웨이 멤버들도 눈을 동그랗게 뜬 채 정호를 바라봤다.

카즈마의 설명에 따르면 네시라는 청월과의 의사소통 과정에서 '스타 매니저'라는 말을 전해 들었고 정호가 방송에서 활약하는 특수한 매니저로 착각했다고 했다.

그 결과, 네시라는 일본에서 최근 인기를 끌고 있는 방송에 정호와 밀키웨이를 출연시키기로 결정했다.

출연이 결정된 방송은 스타와 매니저가 같이 출연하여 각종 질문에 대답하고 일화를 쏟아내는 일종의 신개념 토크쇼였다.

"이거 어쩌죠? 방송 시간이 얼마 안 남지 않아서 이제 와 출연을 번복할 수도 없는 상황입니다."

정호는 아차 싶었다.

'너무 긴장을 풀고 있었어. 카즈마도 마찬가지고.'

스케줄을 미리 확인했어도 이런 일은 벌어지지 않았겠지만 단순히 카즈마의 잘못은 아니었다.

재차 확인을 하지 않은 정호의 잘못도 있었다.

정호는 여유가 있는 활동 때문에 긴장을 풀었고 카즈마는 활동의 좋은 성과 때문에 긴장을 풀었다.

잘못의 우열을 가릴 수 없었다.

'하지만 지금은 잘잘못을 따질 때가 아니다.'

정호가 스스로에게 실망했는지 고개를 푹 숙인 채 들지 못하는 카즈마를 향해서 말했다.

"괜찮아요, 카즈마 상. 자신은 없지만 열심히 해볼게요."

"그게 정말입니까? 감사합니다. 그리고 미안합니다."

"아니에요. 이 일에는 나한테도 잘못이 있는걸요."

두 사람의 얘기를 듣고 하수아가 끼어들었다.

"드디어 우리 스타 매니저 오 과장님이 방송에 출연하신다!

무려 일본 데뷔라고 하신다!"

하수아는 대기실을 뛰어다니면서 소리를 질렀고 밀키웨이 멤버들이 키득거리며 웃기 시작했다.

정호가 긴장할까봐 크게 웃지는 못하는 모습이었다.

정호는 다시 곤란해하는 카즈마와 눈이 마주쳤다.

카즈마가 다시 한 번 말했다.

"정말 미안합니다."

하지만 이런 분위기에도 하수아는 멈출 생각이 없는 듯했다.

"우리 매니저님이 만세시다! 우리 매니저님이 제일 웃기시다!"

결국 정호가 지끈거리는 이마를 부여잡으며 말했다.

"수아야, 힘 그만 빼고 자리에 앉아라."

◇ ◆ ◇

마침내 촬영이 시작됐다.

일본말로 큐 사인이 들어가자마자 정호는 긴장으로 몸이 빳빳하게 굳었다.

메이크업부터 방송용 의상까지, 어느 것 하나 어색하게 느껴지지 않는 게 없는 정호였다.

밀키웨이 멤버들은 그런 정호를 보며 또다시 키득거렸다.

하지만 잠시 후 밀키웨이 멤버들도 더 이상 웃을 수 없었다.

앞머리가 벗겨진 일본인 MC가 밀키웨이 멤버들에게 물었다.

"한국의 성형 기술이 엄청나다는 얘기를 들었어요, 사실인가요?"

뜬금없는 질문에 유미지가 의아해했지만 꽤 능숙한 일본말로 차분히 대답했다.

"네, 그런 걸로 알고 있습니다."

유미지의 대답을 듣고 일본인 MC가 느끼한 웃음을 지어보였다.

"그렇군요. 확실히 여러분을 보니깐 한국의 성형 기술 얼마나 대단한지 알 수 있을 것 같습니다. 자, 그렇다면 질문하겠습니다. 유미지 상은 어딜 고쳤습니까?"

매니지먼트

16장. 풍자? 풍자!

제왕

촬영장 구석진 곳.

"네? 나가자와 상이라니요? 왜 갑자기 MC가 바뀐 겁니까?"

카즈마가 평소보다 언성을 높이며 말했지만 일본 방송국 피디는 대답 없이 웃기만 할 뿐이었다.

명백한 비웃음이었다.

그 비웃음을 보며 카즈마가 생각했다.

'회사에서는 어쩌자고 이런 스케줄을 잡은 거지? 실수를 범한 건 나와 오 상만이 아닌 건가?'

나가자와 타쿠미는 일본 내에서도 반한 감정을 가진 것으로 유명한 사람이었다.

이대로라면 정호와 밀키웨이 멤버들이 곤란한 일을 겪는 건 불 보듯 뻔한 일이었다.

"대답해 보세요. 왜 사전 통보도 없이 MC가 바뀐 것인지."

재차 재촉하자 그제야 피디의 입이 열렸다.

"이해해 주세요, 나가토모 상. 원래 MC가 몸살감기 때문에 이번 한 주를 갑자기 쉬게 됐습니다. 저희로서도 급하게 섭외한 사람이에요."

내용은 급박했지만 말투에서 웃음기가 느껴졌다.

'원래 MC가 감기에 걸렸다는 것은 사실일 것이다. 하지만……'

피디가 방송의 흥행을 위해 일부러 반한 감정을 가진 타쿠미 상을 임시로 데려온 것이 분명했다.

피디에게도 반한 감정이 있는 건 아닌지 의심이 되는 대목이었다.

"이 부분은 회사를 통해서 적극적으로 항의할 겁니다. 네시라를 만만히 본 것을 후회하게 해주겠습니다."

피디는 어깨를 으쓱해 보였다.

한번 해보라는 뜻이었다.

자신도 4대 민영 방송국의 유명 프로그램 피디이니 꿀릴 것 없다는 태도가 명백하게 드러났다.

카즈마가 빠득, 이를 갈며 자리에서 벗어났다.

"좋아요. 두고 봅시다."

머리가 벗겨진 느끼한 MC, 나가자와 타쿠미가 재차 질문을 했다.

"어디입니까? 유미지 상이 고친 부분은? 혹시 너무 많아서 대답하지 못하는 겁니까?"

유미지는 갑작스러운 질문에 당황해서 제대로 답을 하지 못했다.

MC가 다시 기름이 뚝뚝 떨어질 것 같은 웃음을 지었다.

"역시 너무 많아서 대답하지 못하는 거군요."

함께 출연한 패널들이 MC의 말에 웃었다.

평범한 리액션이었지만 왠지 얄밉게 느껴졌다.

뒤늦게 정호가 긴장감에서 빠져나오며 생각했다.

'이게 무슨 상황이지? 설마……'

정호가 생각하는 와중에도 MC는 계속 방송을 진행해 나갔다.

"좋습니다. 곤란해 보이니 그럼 다음 질문으로 넘어가죠. 아, 이번에는 질문이 아니군요. 요즘 핫한 개그맨이죠? 타다요시 상이 새로 준비한 개그를 보시겠습니다!"

인기 개그맨의 개그를 게스트들이 따라하는 방송 속의 코너인 모양이었다.

타다요시라고 소개된 개그맨이 스튜디오 중앙으로 나왔다.

"오늘은 밀키웨이를 위하여 특별한 개그를 준비했습니다. 분명 이 개그라면 내일 있을 무대에서 빅이슈를 만들 수 있을 거예요."

타타요시라는 개그맨이 말했고 MC가 말을 받았다.

"오, 그거 기대가 되는군요. 밀키웨이 여러분, 눈을 크게 뜨고 타다요시 상의 개그를 봐주세요. 곧 여러분들이 따라 해야 할 개그이니까요."

"잘 봐주세요. 그럼 시작하겠습니다."

스튜디오에는 꽤 비장한 음악이 흘러 나왔다.

당장 일본도를 꺼내 들고 절도 있는 검술을 보여줘도 이상하지 않을 음악이었다.

타다요시는 진지한 표정으로 천천히 합장했다.

그렇게 손바닥이 부딪히려는 순간 음악이 띠용, 하는 효과음으로 바뀌었다.

타타요시가 소리쳤다.

"타마호무!"

타다요시의 개그에 스튜디오가 웃음바다가 됐다.

하지만 정호와 밀키웨이 멤버들은 웃을 수 없었다.

타마호무(タマホーム)은 구슬 집을 뜻하는 일본어였다.

문제는 이것이 전부가 아니라는 사실이었다.

타다요시는 타마호무라고 외치며 자신의 성기 부분을 가리켰다.

명백한 성희롱이었다.

타다요시의 저질 개그를 보고 바닥을 구르며 웃던 MC가 얼굴이 벌게진 채 말했다.

"아주 훌륭한 개그군요. 하지만 숙녀들이 하기에는 조금 곤란할 것 같은데요?"

"아, 그렇군요. 그걸 생각하지 못했습니다. 여러분은 이게 없으니까요. 그럼 다른 곳을 가리키며 이렇게 말하세요."

정호와 밀키웨이 멤버들이 당황하는 사이 타다요시가 가슴을 가리키며 또 한 번 외쳤다.

"미르크호무(ミルクホーム, 우유 집)!"

상상도 못 한 일이 눈앞에서 벌어졌다.

자신의 눈과 귀를 의심하던 정호의 마음에 분노가 차올랐다.

'설마설마했는데 네시라가 이런 스케줄을 잡아줬을 줄이야……'

―시간을 결제하시겠습니까?

의문의 목소리가 들려온 것은 그때였다.

'이딴 식으로 나온다, 이거지? 좋아, 이런 거라면 한국 사람도 뒤지지 않는다는 걸 보여주지!'

◇ ◆ ◇

―결제되었습니다. 당신이 원하는 시간을 얻습니다.

정호가 눈을 떴다.

MC가 다시 유미지에게 질문을 했다.

"그렇군요. 확실히 여러분을 보니깐 한국의 성형 기술 얼마나 대단한지 알 수 있을 것 같습니다. 자, 그렇다면 질문하겠습니다. 유미지 상은 어딜 고쳤습니까?"

어처구니없는 질문에 유미지가 이번에도 당황했다.

잽싸게 정호가 끼어들었다.

"미지는 고친 부분이 없습니다."

예상치 못한 곳에서 목소리가 흘러나오자 MC가 약간 당황했다.

하지만 프로 방송인이었기 때문에 자연스럽게 진행을 이어 갔다.

MC는 정호를 향해 빈정거리는 투로 물었다.

"그게 정말입니까? 한국은 성형의 나라가 아니었습니까?"

"한국의 성형 기술이 좋은 건 사실입니다. 하지만 예쁘게 태어난 사람이 군이 얼굴을 고칠 필요는 없죠."

"오호, 그런가요?"

"네. 그리고 한국에서는 그런 걸 함부로 물어보지 않습니다. 문제는 성형을 하는 사람들에게 있는 것이 아니라 외모지상주의에 있는 것이니까요."

"에이, 그게 무슨 소리입니까? 문제는 성형하는 사람들한테 있는 거지."

"그럼 한국으로 성형을 하러 오는 일본인들도 문제가 있는 겁니까?"

"그, 그건……."

"잘 모르겠죠? 그러니깐 나가자와 상은 고친 곳이 어디냐고 묻는 말투부터 고치는 게 좋겠습니다. 정 못 고치겠으면 한국으로 와서 예의를 배워보는 것도 좋을 것 같네요. 아시다시피 한국은 성형만큼이나 동방예의지국으로 유명하거든요."

정호의 달변에 함께 출연한 패널들이 와, 하고 감탄을 했다.

일본인이 보기에도 한 방 먹은 것은 정호가 아니라 MC 쪽이 명백했다.

MC는 민망한지 헛기침을 큼큼, 두 번을 했다.

"제가 실언을 한 모양이군요. 미안합니다, 유미지 상. 미안합니다, 오정호 상. 어서 다음 질문으로 넘어가죠. 아니, 질문이 아니군요. 요즘 핫한 개그맨이죠? 타다요시 상이 새로 준비한 개그를 보시겠습니다!"

정호가 MC에게 일부러 면박을 줬지만 흐름에는 변화가 없었다.

'계속 이런 식으로 나오겠다, 이거지?'

이번에도 타다요시는 똑같이 타다호무, 라고 외치며 자신의 성기 부분을 가리켰다.

다시 한 번 바닥을 구를 것처럼 웃던 MC가 벌게진 얼굴을 한 채 말했다.

"아주 훌륭한 개그군요. 하지만 숙녀들이 하기에는 조금 곤란할 것 같은데요?"

똑같은 대사를 하는 걸 보니 미리 MC와 타다요시가 짜둔 개그인 것 같았다.

"아, 그렇군요. 그걸 생각하지 못했습니다. 여러분은 이게 없으니까……."

그때 정호가 먹이를 낚아채는 독수리처럼 끼어들었다.

"거기에 뭐가 있습니까?"

갑작스러운 질문에 타다요시가 반문했다.

"네?"

"방금 손으로 가리킨 부분에 뭐가 있었다고 하길래 궁금해서요. 거기에 정말 뭐가 있었습니까? 저는 못 봤거든요."

정호가 무슨 말을 하는지 알아들었는지 패널들이 타다요시가 개그를 할 때보다 더 크게 웃음을 터뜨렸다.

민망해하던 밀키웨이 멤버들도 정호가 자신들을 보호해 줬다는 걸 알고 안심했는지 살짝 키득거렸다.

그중에서도 오서연은 뭐가 그렇게 웃긴지 특유의 웃음소리를 마음껏 뽐냈다.

"낄낄낄."

타다요시의 얼굴이 빨개졌다.

웃음을 참느라 빨개진 게 아니었다.

부끄러움 때문에 빨개진 것이었다.

타다요시가 애써 대답했다.

"있, 있습니다."

정호는 과장스럽게 안쓰러워하는 표정을 지으며 대답했
다.

"있군요. 그래요, 있다고 합시다."

다시 한 번 스튜디오가 웃음바다가 됐다.

옆에서 MC가 비지땀을 흘리며 당황했다.

MC는 상황이 생각처럼 돌아가지 않는다고 느꼈는지 이
후부터는 정상적으로 방송을 진행했다.

덕분에 밀키웨이 멤버들이 마음껏 활약할 시간을 가질
수 있었다.

정호도 간간이 밀키웨이와 함께 있었던 일화들을 풀어내
며 지원 사격을 했다.

촬영은 그렇게 흘러가며 막바지에 이르렀다.

다소 얌전하게 리액션을 하던 MC가 갑자기 진한 웃음을
지어 보이며 입을 열었다.

"이번에는 저희가 멀리 한국에서 온 밀키웨이를 위해 준
비한 음식입니다."

MC가 짝짝, 두 번 박수를 쳤다.

그러자 하얀 식탁보로 뭔가가 가려진 채 스튜디오로 나
왔다.

"이건 저희가 준비한 특별 음식입니다. 일본의 시장스시로 유명한 장인이 만든 초밥인데요. 짜잔! 어때요? 맛있어 보이죠?"

맛있어 보이지 않았다.

생선과 밥 사이로 삐져나온 와사비가 보이는 게 딱 봐도 테러 수준으로 매울 것 같았다.

"이걸 먹으라는 겁니까? 이렇게 와사비 범벅인걸? 혹시 나가자와 상이 말하는 장인이 와사비 장인인가요?"

정호가 나서서 물었다.

예상했다는 듯이 MC가 정호의 말을 받았다.

"매운 걸 좋아하지 않습니까? 한국인들은 매운 걸 좋아한다고 들었는데."

정호도 그냥 넘어갈 생각이 없었다.

자신은 그렇다고 쳐도 저걸 밀키웨이 멤버들이 먹는다고 생각하니 MC의 멱살잡이부터 하고 싶은 심정이었다.

"와사비 초밥을 만들어 먹는 걸 보니 매운 걸 좋아하는 건 일본 사람들인 거 같은데요? 어때요? 나가자와 상이 먼저 와사비 초밥을 먹어보는 건?"

정호가 초밥을 집어 MC의 입에 가져다댔다.

MC는 먹고 싶지 않은 기색이 역력했지만 자신이 먹지 않으면 밀키웨이도 먹지 않을 거라고 생각한 모양이었다.

그건 MC 입장에서 곤란했다.

이대로라면 임시 MC로서 아무런 성과도 올리지 못하는

것이었으니깐.

MC가 정호에게 물었다.

"이걸 먹는다면 당신도 먹을 겁니까?"

정호가 순순히 대답했다.

"당신이 먹는다면."

MC가 잠시 고민하다가 정호가 내민 초밥을 먹기 시작했다.

하지만 얼마 참지 못하고 MC는 얼굴을 잔뜩 찡그리며 초밥을 도로 뱉었다.

정호가 그런 MC를 향해 말했다.

"얼굴이 갑자기 잘생겨져서 정말 성형이라도 한 줄 알았네요. 어쨌든 와사비 장인까지 불러서 와사비 초밥을 만들어준 성의는 잘 알겠습니다. 하지만 성의만 받도록 하죠. MC가 먹지 못하는 음식을 저희가 먹을 수 있을 리 없으니까요."

또다시 정호를 이기지 못한 MC였다.

패널들의 웃음소리와 함께 MC는 서둘러 방송의 마무리 멘트를 했다.

그것밖에는 다른 방법이 없었다.

처음에는 현지 반응이 좋지 않았다.

노골적으로 반한 감정을 내세운 일본 방송을 비난하는 여론도 작지 않았지만 정호의 대응이 과했다며 밀키웨이까지 싸잡아서 비난의 대상으로 삼는 경우가 더 많았다.

하지만 반응은 점차 달라졌다.

이번 사건으로 아직 일본 현지 내에서 인지도가 높지 않은 밀키웨이는 널리 이름을 알리기 시작했다.

어김없이 통용되는 노이즈 마케팅이었다.

'이게 진짜 노이즈 마케팅이지…… 그나저나 카즈마 상이 고생 좀 했겠군…….'

비난 일색이었던 밀키웨이에 대한 여론은 한 가지 사건으로 급변했다.

바로 네시라의 성명 발표였다.

'파격적인 발표였지…….'

네시라는 다른 4대 민영 방송국의 지지를 받아 밀키웨이가 출연했던 방송국에 대한 강력한 법적 대응을 선포했다.

오랫동안 긴밀하게 방송국과 연결되어온 네시라였기에 가능한 대처였다.

카즈마가 떠나는 밀키웨이를 배웅하며 말했다.

"부족한 저 때문에 그동안 고생 많으셨습니다."

"아닙니다, 카즈마 상. 당신의 노고를 알고 있어요. 네시라의 윗선을 멋지게 설득했더군요. 고맙습니다."

그랬다.

네시라의 강력한 대처 뒤에는 카즈마의 노력과 노고가

숨어 있었다.

하지만 카즈마는 겸손하게 대답했다.

"별말씀을요. 제가 당연히 했어야 할 일입니다."

정호는 겸손한 카즈마를 향해 호의가 가득한 얼굴로 웃어줬다.

밀키웨이 멤버들은 그런 카즈마가 고맙고 아쉬운 모양이었다.

하수아가 먼저 카즈마를 꼭 안아주며 말했다.

"고마워요, 카즈마 상. 다시 일본에 올 때 만날게요."

하수아뿐만이 아니었다.

다른 멤버들도 돌아가며 카즈마 상을 꼭 안아주며 인사를 했다.

"고마워."

"감사합니다."

"잘했어요."

밀키웨이 멤버들 모두와 포옹을 한 카즈마가 환하게 웃으며 말했다.

"하하하, 당연히 해야 할 일을 가지고 이렇게 칭찬을 받으니 부끄럽군요."

정호가 카즈마에게 다가가 손을 건네며 말했다.

"당연한 일을 당연하게 하는 사람이야말로 멋진 겁니다."

카즈마가 정호의 손을 맞잡았다.

"고맙습니다. 다음 일본 활동 때는 밀키웨이가 더 멋진 모습을 보일 수 있도록 노력하겠습니다."

이제 정말 이별의 시간이었다.

성과도 성과지만 무엇보다 좋은 사람을 만날 수 있었던 밀키웨이의 첫 일본 활동이었다.

매니지
먼트
제왕

17장. 신유나, 솔로 데뷔?

일본에서 돌아온 다음 날.

정호가 회사로 출근했다.

밀키웨이는 일주일간 휴식을 취한 뒤 앨범 준비 및 방송 활동을 재개하기로 했다.

지금까지는 앨범 출시와 함께 방송 활동도 시작하는 방식이었지만 해외 활동이 시작된 지금으로서는 그럴 수 없었다.

'지난 한 달간 밀키웨이는 쉬지 않고 일을 했지만 활동 무대는 일본이었다. 한국 팬들에게 밀키웨이는 한 달간 휴식을 취한 걸 그룹이나 다름이 없지.'

아무리 대단한 스타라도 얼굴을 보이지 않으면 팬들에

게서 멀어졌다.

그렇게 때문에 어떤 수를 써서라도 자주 얼굴을 보일 필요가 있었다.

해외 활동이 추가된 지금은 휴식 기간을 줄이는 것이 유일한 방법이었다.

이제 중요한 승부처는 체력이었다.

'다행히 밀키웨이는 기초 체력을 데뷔 전부터 충분히 키워둔 상태야.'

뿐만 아니라 정호는 밀키웨이가 적당히 휴식이 가능하도록 늘 도울 생각이었다.

어떤 소속사는 국내 활동, 해외 활동, 앨범 준비, 콘서트 투어 등으로 아이돌 그룹을 쳇바퀴처럼 끊임없이 돌리기도 했지만 정호는 그럴 생각이 전혀 없었다.

'모든 연예인은 스타이기 이전에 사람이다. 그리고 밀키웨이는 돈이 아닌 명성을 쫓는 스타 중에 스타가 될 거야. 돈은 늘 우선순위가 가장 끝이다.'

정호가 그리는 그림은 크기부터가 달랐다.

회사에 도착한 정호는 정 부장부터 찾았다.

황성우 사건에 관한 전반적인 문제를 정리하기 위함이었다.

"왔냐? 앉아라."

정 부장이 정호를 반겼다.

정호가 소파에 앉자 정 부장은 두툼한 서류 뭉치를 건넸다.

"읽어봐. 코끼리팩토리가 어떻게 언론플레이를 했는지의 정황이 모두 조사된 서류야."

언론플레이로 황성우를 무너뜨리려고 했던 소속사는 다름 아닌 코끼리팩토리 기획이었다.

정호의 숙적, 한경수가 과장으로 있는 바로 그 회사였다.

정호는 서류를 뒤적이며 생각했다.

'연습생 이대희를 프로듀싱 101 시즌2에 내보냈던 코끼리팩토리로서는 더럽고 치사하지만 한 번쯤 고려해볼 전략이었다. 최종 11위를 다퉜던 사람은 총 13명 정도. 만약 황성우를 끌어내릴 수 있다면 이대희는 최종 11위에 들 가능성이 더 높아지는 셈이지. 누가 떠올린 전략일까?'

답은 확실했다.

'한경수는 과장이지만 코끼리팩토리에서는 실질적으로 대표나 다름없는 힘을 과시하고 있다. 자신의 할아버지가 세워준 회사이니 당연할 수밖에. 이건 분명 한경수가 세운 전략이야. 내가 기억하고 있는 녀석의 수법과 비슷해.'

그런 까닭에 정호는 당장 뭔가를 하기보다는 착실히 전략을 준비했다.

그냥 덤비기에는 한경수는 만만찮은 상대였다.

정호가 고개를 들어 정 부장에게 물었다.

"홍예림에 관한 이슈는 어떻던가요?"

"네 예상대로던데? 이대희를 홍예림과의 친분으로 마케팅하려고 했더군."

원래의 시간에서 프로듀싱 101 시즌1의 우승자인 홍예림과의 친분으로 유명세를 탄 건 황성우가 아니라 이대희였다.

이대희와 홍예림은 같은 학교를 다니고 있었고 실제로 친분이 꽤 두터운 편이었다.

그래서 코끼리팩토리는 홍예림과의 친분을 이용해 이대희를 지속적으로 홍보할 전략을 세우고 있었다.

하지만 이 전략은 정호가 황성우를 향한 언론플레이 막기 위해 이미 사용했다.

'선점. 이로써 코끼리팩토리는 이 전략을 사용하지 못해.'

사람들의 머릿속에는 지난번의 언론 보도로 황성우와 홍예림의 친분이 확실히 각인된 상태였다.

그런 이유로 코끼리팩토리로서는 더 이상 홍예림과의 친분을 이용할 방법이 없었다.

상대의 전략을 먼저 알아내 사장시키는 정호의 사소하지만 확실한 복수였다.

하지만 복수는 여기서 끝이 아니었다.

"정황이 착실히 조사된 서류이군요. 이 정도로라면 코끼리팩토리도 저희의 법적 대응을 피할 수 없을 겁니다."

"이번 고소 건을 처리하기 위해서 회사 차원에서 준비도 많이 했어. 이미 준비가 끝난 상황이기 때문에 아마 코끼리 팩토리도 어쩔 수 없을 거다."

정호가 준비한 두 번째 복수는 가장 단순하지만 확실한 방법인 법적 대응이었다.

워낙 뒷배가 든든한 코끼리팩토리였기 때문에 아무리 좋은 변호사를 고용하고 배정된 판사가 깨끗해도 승리를 장담할 수 없었다.

'하지만 신경을 거슬리게 할 수는 있지.'

한경수가 더러운 짓을 많이 벌이고 다녔지만 자신이 운영하다시피 하는 회사가 법적 문제에 휘말리는 것은 이번이 처음이었다.

'히스테릭한 면이 있는 한경수는 분명 이 일에 날카롭고 신경질적으로 반응할 거야.'

그렇게 되면 힘들어지는 것은 바로 한경수의 아랫사람들이었다.

정호는 그 틈을 파고들 생각이었다.

"이대희와의 협상은 어떻게 진행되고 있죠?"

"긍정적이다. 여전히 연습생 계약으로 묶여 있기 때문에 데려오는 것에는 전혀 문제가 없어. 본인 의사가 중요한 상황인데 현재 본인의 의사가 거의 확실해졌지."

바로 틈을 파고들어 중요한 사람을 빼오는 것.

이게 정호가 생각하고 있는 세 번째 복수였다.

"순조롭군요."

"순조롭지."

정호가 고개를 끄덕이며 말하자 정 부장도 정호를 따라서 고개를 끄덕였다.

정호가 그런 정 부장을 올려다보며 입을 열었다.

이제 코끼리팩토리와는 조금 성격이 다른 문제를 처리할 시간이었다.

"그럼 이 문제만이 남았군요. 총괄매니지먼트부 2팀과 강 부장님은 어떻게 하실 생각입니까?"

◇ ◆ ◇

정호가 따로 내막을 조사하려고 했지만 그럴 것도 없이 정 부장이 모든 걸 알아냈다.

확실히 정 부장은 능력이 있는 사람이었다.

'청월의 회사 내부 상황을 파악한 코끼리팩토리가 총괄매니지먼트부 2팀의 강 부장에게 접근했고 궁지에 몰렸다고 생각한 강 부장이 코끼리팩토리에 황성우에 대한 정보를 넘겼다. 이게 사건의 흐름이었지?'

그나마 다행인 건 총괄매니지먼트부 2팀의 강 부장이 먼저 황성우를 공격한 게 아니라는 점이었다.

만약 그랬다면 회사 자체가 콩가루처럼 부서질 가능성도

배제할 수 없었다.

'하지만 그렇다고 해서 강 부장의 죄가 덮어지는 것은 아니다. 이전의 시간에서도 그러더니 참……'

철저히 분석한 데이터를 기반으로 움직이는 강 부장은 완벽주의적인 성향이 스스로를 좀먹는 전형적인 인간이었다.

예상치 못한 어떤 실패나 패배를 온전히 받아들이지 못했고, 이런 실패나 패배 앞에 당황하고 분노하여 오판을 하기 일쑤였다.

'이전의 시간에서는 실적이 계속 하락세를 그리자 실적을 올리기 위해 스폰서에 손을 댔지……'

여파가 작지 않은 사건이었다.

이 사건으로 강 부장은 해고를 당했고 대다수 경영진이 일선에서 물러났다.

청월의 현 대표인 손 대표도 이 사건에 죄책감을 느끼고 윤 상무에게 대표 자리를 넘겼다.

이후 정호가 대표 자리에 오르는 결정적인 계기가 되는 사건이기도 했다.

'하지만 이 일은 앞으로 5년 후에 벌어진다. 아직은 현재의 사건에 집중할 필요가 있어.'

정호가 재차 정 부장에게 물었다.

"어떻게 하실 생각입니까?"

쉽게 판단을 내릴 수 없는지 정 부장이 고심했다.

같은 회사, 같은 직급의 사람을 상대하는 것은 이처럼

껄끄러운 일이었다.

고심이 끝났는지 정 부장이 마침내 입을 열었다.

"이와 관련하여 함께 만나볼 사람이 있다."

정호는 정 부장과 함께 회사의 위층으로 올라갔다.

임원진이 주로 사용하는 층이었다.

'윤 상무님을 만나러 가는 건가? 오랜만이군.'

정호의 생각은 아쉽지만 반만 맞았다.

정 부장이 정호를 데리고 향한 곳은 다른 장소였다.

그곳은 바로 전무실이었다.

그리고 전무실 앞에는 의외의 인물이 정호와 정 부장을
기다리고 있었다.

"네가 여기 왜?"

정호가 물었지만 황태준은 미소를 지으며 자기 말만 했
다.

"안쪽에서 곽 전무님과 윤 상무님이 기다리고 계십니다."

황태준을 따라 안쪽으로 들어가며 정호가 생각했다.

'시간이 앞당겨졌다?'

이전의 시간에서 손 대표가 물러났을 때 윤 상무가 대표
자리를 받을 수 있었던 건 청월의 사정과 구조 때문이었다.

청월은 부사장이 없었고 또 그다음으로 높은 직급에 있는 곽 전무는 나이가 너무 많았다.

곽 전무는 청월이 설립됐을 때 손 대표의 설득으로 잠시 청월을 지원해준 은퇴한 노사였다.

한사코 자리를 마다하는 곽 전무를 손 대표가 경험 많은 임원진의 필요성을 느끼고 억지로 자리에 앉힌 일화는 청월 내부에서 모르는 사람이었다.

'다시 말해서 곽 전무는 권력에 욕심이 전혀 없는 사람이라는 뜻이지.'

결국 손 대표가 물러나면서 곽 전무도 물러났다.

자연스럽게 회사 내부에서 가장 지지하는 사람이 많았던 윤 상무가 임원진의 표결에 따라 대표의 자리에 올랐다.

이게 이전의 시간에서 5년 후에 벌어질 사건이었다.

'하지만 알려지지 않은 이야기가 있지.'

사실 윤 상무를 적극적으로 밀어서 대표로 만든 사람은 바로 곽 전무였다.

곽 전무는 강 부장의 성격적 결함과 이에 따를 수 있는 위험성을 먼저 감지했다.

그래서 이 부분을 이사회 회의의 안건으로 발의했는데 강 부장을 자기 사람으로 생각하고 있는 임원진들이 곽 전무의 의견을 묵살시켰다.

이 사건으로 곽 전무는 상황의 심각성을 깨달았다.

강 부장이 품고 있는 위험 요인보다 부정적으로 형성된 권력 다툼과 유착 관계가 더 큰 위험성을 띤다는 것을 너무도 잘 알았기 때문이었다.

심각성을 뼈저리게 느낀 곽 전무가 손 대표를 찾아가 말을 꺼내봤다.

하지만 손 대표마저도 이 부분을 늙은이의 괜한 걱정으로 치부했다.

상황은 걷잡을 수 없는 사태에 놓여 있었고, 결국 곽 전무는 나름의 대책을 마련해야 했다.

바로 그때 눈에 띈 사람이 윤 상무였다.

'권력에 대한 욕심은 없다. 하지만 바른 길에 대한 신념이 뚜렷한 사람이지.'

본래라면 이사의 자리에 올랐을 윤 상무를 상무의 자리에 올려놓은 사람도 곽 전무였다.

전무실 안에서는 곽 전무와 윤 상무가 두 사람을 기다리고 있었다.

윤 상무도 이곳에 도착한 지 얼마 되지 않은 듯했다.

황태준이 정호와 정 부장을 앉을 자리로 안내했다.

두 사람이 자리에 앉는 것을 보고 노신사인 곽 전무가 천천히 입을 열었다.

아무것도 하지 않았지만 왠지 느긋해 보였다.

"자네들을 불러 모은 이유를 자네들도 알고 있겠지?"

옆에 앉아 있던 윤 상무가 곽 전무의 말을 받았다.

"강 부장에 관한 일입니까? 어떻게 하실 생각입니까?"

"어떻게 하면 좋겠나?"

곽 전무의 반문에 윤 상무가 살짝 당황했지만 어렵지 않게 입을 열었다.

이미 정해진 절차가 있었기 때문에 해결 방법이란 게 특별한 것은 없었다.

"이사회 회의에 강 부장의 처우에 대한 안건을……."

곽 전무가 윤 상무의 말을 끊었다.

"소용없네."

윤 상무도 만만찮은 사람이었기 때문에 곽 전무가 하는 말을 단번에 파악했다.

"이미 해보신 겁니까?"

곽 전무는 대답 대신 고개를 끄덕였다.

윤 상무가 곤란하다는 듯 말했다.

"그렇다면 방법이……."

"당장은 방법이 없지. 하지만 곧 방법이 생길 걸세."

"그게 뭡니까?"

곽 전무가 입을 다물었고 옆에 서 있던 황태준이 대신 설명했다.

"강 부장의 의심스러운 움직임을 포착했습니다. 제가 조사한 자료와 사진입니다."

황태준이 전무실의 모두에게 서류 뭉치를 돌렸다.

먼저 사진이 눈에 띄었다.

그곳에는 강 부장이 누군가와 접촉하는 모습이 담겨 있었다.

"스폰서 브로커입니다. 그리고 자료에는 강 부장이 어떤 브로커와 어떤 방식으로 접촉하고 협상하고 있는지 자세히 쓰여 있습니다. 아직 본격적인 움직임은 없지만 몇 달 내로 본격적인 움직임이 있을 것으로 예상됩니다."

확실히 이 정보와 황성우 건을 함께 공개한다면 파급력은 배가될 것이 분명했다.

하지만 정 부장은 이런 사실보다는 이런 일이 벌어지고 있다는 데 충격을 받은 듯했다.

"이럴 수가……."

윤 상무도 적잖이 놀란 기색이었다.

하지만 윤 상무가 놀란 부분은 다른 부분이었다.

"이런 사실을 저희한테 말씀해 주시는 이유가 뭡니까?"

"뭐겠나?"

"대표가 되고 싶으신 겁니까?"

"대표가 될 사람은 내가 아니겠지."

윤 상무가 말없이 곽 전무를 가만히 쳐다봤다.

곽 전무는 그 시선을 담담히 받으며 미소를 지어 보였다.

그러더니 입을 열었다.

"하지만 문제가 하나 있어. 그걸 처리해줄 사람은 자네들뿐이고."

214 매니지
먼트의
제왕 2

윤 상무도 결심이 선 듯했다.

연예인을 사람으로 대하는 회사를 만드는 것.

오래도록 꿈꿔온 이 꿈을 이루는 가장 빠른 길은 자신이 대표가 되는 것이었으니깐.

"필요하신 게 뭡니까?"

"증명하게."

"네?"

"자네와 자네의 팀이 자네들이 꿈꾸는 회사에 어울리는 사람인지 증명하는 뜻이네."

한참 침묵이 맴돌았다.

이 방에서 유능하지 않은 사람은 없었다.

그랬기 때문에 곽 전무가 하는 말을 모두가 알아들었다.

곽 전무는 꿈을 이룰 수 있을 능력이 있는지 증명하라고 말하고 있었다.

아무리 좋은 꿈을 꿔도 능력이 없다면 꿈을 이룰 수 없었다.

어렵게 꿈을 이룬다고 해도 그것을 유지하지 못했다.

냉혹하지만 그게 현실이었다.

조용히 옆에서 앉아 있던 정호가 생각했다.

'이래서 우리를 모두 부른 것인가? 능력을 입증하기 위한 기회를 주기 위해? 확실히 현재의 실적만으로는 총괄매니지먼트부 3팀의 능력을 입증하기가 어렵지.' 단기간에 강여운과 밀키웨이를 키워낸 것은 분명 대단한 실적이었다.

하지만 총괄매니지먼트부 1팀과 2팀은 그보다 더한 일을 분명 오랫동안 더 많이 해오고 있었다.

'총괄매니지먼트부 3팀의 실적은 딱 이런 기회를 얻을 수 있을 정도일 뿐이다. 이건가?'

오랜 침묵 끝에 윤 상무가 입을 열었다.

"어떤 방법으로 원하십니까?"

"어떤 방법으로 보여주겠나?"

곽 전무의 질문은 확실히 날카롭고 현명했다.

어떤 방법으로 보여줄 건지 정하는 것도 능력의 한 부분으로 보겠다는 명백한 의사 표현이었다.

윤 상무와 정 부장은 고민했다.

머릿속에 떠오르는 것은 많았지만 그게 이 상황에 어울리는지 고민할 시간이 필요했다.

그때 정호가 입을 열었다.

"제게 능력을 증명할 방법이 있습니다."

방 안 모두의 시선이 정호를 향했다.

"앞으로 4개월. 이 기간 안에 신유나를 솔로 가수로 성공시키겠습니다."

정호는 거침이 없었다.

18장. 복안보다는 실력

"오 과장님…… 아무런 생각도 없이 그런 얘기를 하신 건 아니죠? 무슨 복안이 있으신 거죠?"

곽 전무의 방에서 나오고 내려가던 길에 황태준이 참지 못하고 정호에게 물었다.

윤 상무는 혼자 생각할 게 있다며 먼저 떠났고 정 부장도 볼일이 있다며 역시 먼저 떠난 상태였다.

'두 사람 모두 이상하게도 내가 갑작스럽게 제안한 의견에 반대를 하지 않았지…… 그들도 신유나가 솔로로 성공할 수 있을 거라고 믿고 있는 건가……?'

정호는 혼자 피식 웃었다.

실없는 생각이었다.

두 사람이 믿는 것은 신유나의 성공이 아니라 정호였다.

정호도 이 사실을 알고 있었다.

'내 생각보다도 내가 벌써 꽤 신임을 받고 있나 보군. 아직 이 녀석한테는 아닌 모양이지만…….'

황태준이 답답하다는 듯 다시 물었다.

"무슨 말씀이라도 좀 해주세요, 과장님. 자신 있으신 거죠?"

"자신 없으면?"

"네?"

"자신 없으면 어쩔 거냐고."

"뭐…… 제가 할 수 있는 일이야 없겠지만…….'

정호는 황태준에 대해서 많은 걸 기억하고 있었다.

머지않은 미래에 황태준이 청월을 나와 영화 제작사를 차린다는 사실도 알았다.

매니저로서의 능력도 훌륭한 편이었지만 황태준의 진정한 재능이 발휘될 길은 그쪽이었다.

정호가 말없이 황태준을 쳐다보다가 물었다.

황태준은 괜히 뭔가 찔리는 듯한 표정을 짓고 있었다.

"너, 곽 전무님이 시킨 거지? 나 감사하라고?"

"네? 뭐…… 예…….'

"왜 하필이면 나냐? 윤 상무님도, 강 부장님도, 정 부장님도 아닌 하필이면 왜 나냐고?"

과거에 황태준은 총괄매니지먼트부 1팀에 배정받아 양

부장을 감시했다.

강 부장이 흔들린 시점에서 양 부장마저도 흔들린다면 청월의 기반이 무너질 수도 있는 상황이었기에 어쩔 수 없이 내려진 선택이었다.

하지만 이번에 황태준은 총괄매니지먼트부 1팀이 아니라 3팀에 왔다.

그것도 정 부장이 아니라 정호에게.

황태준이 대답했다.

"애초에 윤 상무님도, 강 부장님도, 정 부장님도 전부 제 감시의 대상이 아니었습니다. 이미 세 분은 곽 전무님의 다른 사람으로 충분히 커버가 가능했으니까요."

"그럼 양 부장님은?"

정호가 묻자 황태준이 동그랗게 눈을 뜨며 물었다.

"거기까지 아시는 겁니까?"

"됐고. 빨리 말해봐. 그래서 양 부장님은?"

황태준이 자신의 실수를 고백하는 초등학생처럼 줄줄이 당시의 상황을 읊었다.

구구절절한 설명을 요약하자면 정호가 강여운을 스타로 만든 과정을 우연히 전해 들은 곽 전무가 황태준을 정호에게 붙였다는 얘기였다.

"위험 가능성이 있는 양 부장님과 용의 여의주가 될 가능성이 있는 오 과장님 사이에서 고민한 거였죠. 고심 끝에 선택된 건 오 과장님이었고요."

"위험 가능성보다는 성장 가능성을 골랐다?"

황태준이 대답 대신 고개를 끄덕였다.

사실 관계를 확인하며 정호가 곽 전무를 향해 감탄했다.

'허…… 늙은 여우도 역시 여우라는 뜻인가…….'

물론 곽 전무가 양 부장 쪽에 아무런 조치를 취하지 않은 것은 아니었다.

하지만 황태준이 붙었다는 건 의미가 전혀 달랐다.

영화 제작사의 대표 자리에 올랐던 황태준을 기억하고 있는 정호로서는 황태준의 능력을 잘 알았다.

황태준은 상황을 판단하고 사람을 알아보는 능력이 남달랐다.

아마 황태준을 손자처럼 데리고 키웠던 곽 전무도 이 점을 알고 정호에게 황태준을 붙인 것이 분명했다.

'양 부장은 아무런 죄가 없고 미래를 알고 있는 나는 과거보다 더 큰사람이 되겠지…… 정말 곽 전무는 무서운 촉을 가졌구나…….'

정호는 홀로 생각에 빠져 있다가 황태준에게 물었다.

"그래서 네가 보기에는 어떤 거 같냐?"

"네?"

"너는 내가 어떤 성장 가능성을 가진 사람으로 봤냐고."

"길지 않은 시간이지만 제가 옆에서 지켜본 오 과장님 단순히 용이 물고 있는 여의주가 아닙니다……."

"그럼?"

"또 다른 용이 될 새끼 용입니다."

정호가 속으로 웃었다.

'저런 민망한 얘기를 저렇게 잘도…… 역시 성격은 그대로구나…… 황태준……'

애초에 황태준은 청월에 별다른 관심이 없었다.

다른 이복형제들과 마찬가지로 오로지 자기만의 사업을 하고 싶어 했다.

하지만 황태준에게는 최소한의 사업 자금조차 마련되지 않은 상태였고 황태준의 능력이 필요했던 곽 전무가 사업 자금 지원을 미끼로 황태준을 잠깐 청월에 부른 것뿐이었다.

'그렇다고 해도 대단했지. 대표가 교체되는 시기에 황태준은 여차하면 청월의 대표가 되는 것도 가능했어. 하지만 황태준은 그러지 않았다. 꿈을 위해 과감히 자리를 버리고 밑바닥부터 자기 사업을 시작하는 걸 선택했지.'

늘 꿈을 쫓는 소년 같은 남자.

그게 황태준이었다.

그래서 정호는 예전부터 황태준을 좋아했다.

정호가 황태준에게 말했다.

"너, 나한테 신유나를 솔로로 성공시킬 방법이 있냐고 물었지?"

"역시 복안이 있으신 건가요? 역시 그럴 줄 알았습니다, 하하하."

정호는 김칫국부터 마시는 황태준의 어깨를 가만히 두드리며 입을 열었다.

"그런 거 없다. 그러니깐 그냥 믿어라. 네 눈을, 내 눈을."

◇ ◆ ◇

황태준은 끝내 정호가 신유나를 성공시킬 전략을 알려주지 않자 입이 툭 튀어나온 채 황성우의 스케줄을 처리하기 위해 떠났다.

지금은 저렇게 삐쳤지만 금방 곧 모든 걸 잊고 하하하, 하고 사람 좋은 미소를 짓고 다닐 황태준이었기 때문에 전혀 걱정이 없었다.

황태준이 떠나는 걸 미소 지은 채 보고 있던 정호는 황태준이 눈앞에서 사라지자마자 바로 한유현에게 전화를 걸었다.

"이제 그 곡들을 꺼낼 때가 온 것 같습니다."

"그 곡들이라면…… 유나 양의……?"

"네, 준비 좀 부탁드리겠습니다."

사실 정호는 오래전부터 신유나의 솔로 데뷔를 준비하고 있었다.

특히 한유현과 상의하여 지속적으로 신유나의 솔로 데뷔 시점을 조율했다.

원래 정호가 생각하던 신유나의 솔로 데뷔 시점은 고음

이 깔끔하게 처리될 때였다.

지금보다 적어도 반년이나 빠른 시점이었다.

'유나는 귀여우면서도 느낌 있는 외모와 특유의 3단 고음으로 첫 번째 성공을 했다. 외모 부분은 이미 예전에 갖춰졌어. 필요한 건 고음뿐이다.'

하지만 정호의 생각은 수정될 수밖에 없었다.

정호가 이 분야에서 유일하게 믿을 수 있을 만하다고 생각하는 전문가인 한유현이 정호의 의견에 반대를 했기 때문이었다.

"유나 양의 장점은 오히려 고음이 아니라 저음입니다. 저음이 단단해졌을 때 유나 양은 최고의 가수가 될 수 있을 겁니다."

일리가 있는 말이었다.

정호가 원하는 것은 신유나의 단순한 성공이 아니었다.

정호는 신유나를 대한민국 최고의 가수로 만들고 싶었다.

한유현에게 이 말을 전해 들은 정호는 신유나의 고음이 완성된 때를 기점으로 저음을 가다듬기 위해 노력했다.

다행히 신유나는 노래에 대한 욕심이 컸기 때문에 잘 따라와 주었고 최근에 이르러서는 바라 마지않던 저음까지도 완성된 상태였다.

한유현조차도 신유나의 노래 실력에 놀라 이렇게 소리를 질렀다.

"반 년 만에 이런 성장이라니 놀랍군요!"

정호가 흐뭇하게 웃으며 대답했다.

"실력이 급격히 상승하는 어린 나이의 친구니까요."

"아닙니다. 이 시기를 과장님께서 바른 교육으로 잘 돌봐주신 덕분에 생긴 기적인 것 같습니다! 이럴 게 아니라 신유나 양의 저음이 완성되지 않을 걸 대비해서 만들어둔 곡들을 대대적으로 수정해야 할 것 같네요!"

한유현이 정신없이 작업에 빠져드는 장면을 끝으로 정호는 회상에서 빠져나왔다.

'좋은 때다.'

확실히 신유나는 저음과 고음 모두 이전보다 한 단계 업그레이드된 상태였다.

'뿐만 아니라 감성도 이전보다 풍부해졌어. 이전의 시간에서는 없었던 그룹 활동이 감성에 큰 영향을 끼친 것이 분명해.'

모든 부분에서 달라진 신유나는 정호가 아는 완벽한 가수가 되었다.

'이제 숨겨진 신유나의 실력을 사람들에게 보여줄 차례다.'

다음 날.

정호는 차를 몰아 약속 장소로 이동했다.

신유나의 성공적인 솔로 데뷔를 위한 중요한 포석이 이뤄질 미팅이었다.

 정호는 출반 전 정 부장에게 상황을 전체적으로 보고했다.

 아무리 정호를 믿고 있다지만 아무런 보고도 하지 않는 것은 말이 되질 않았다.

 "그런 생각이었군…… 유나의 실력은 확실한 거지?"

 "확실합니다."

 "그래, 어젯밤에 윤 상무님이랑 간단한 술자리를 가졌는데 그때 이 말씀을 전해 달라고 하시더라."

 "무슨 말씀이요?"

 "실패를 두려워하지 마라. 네가 못하면 정 부장도 못하고 나도 못한다."

 "오호, 정말 그런 말씀을 하신 겁니까?"

 "너무 좋아하지 마. 순전히 윤 상무님의 생각이니깐. 네가 실패하면 나는 바로 그 자리에서 차라리 내가 할걸, 하고 땅을 치고 후회를 할 생각이거든."

 "그럴 줄 알았습니다."

 "그럴 줄 알아야지. 너는 좀 겸손해질 필요가 있어. 어제도 심장 떨어져서 죽는 줄 알았다. 요즘 좀 잘된다고 기고만장해져서는."

 "잘나가는 걸 어쩌겠습니까?"

 "됐다, 됐다. 차라리 내가 말을 말아야지. 잘하고 와라. 끊는다."

전화가 끊어졌고 정호는 가만히 스마트폰을 내려다봤다.

정 부장의 따뜻한 배려가 느껴지는 전화 통화였다.

'긴장할까봐 괜한 걱정을 하고 계시는군.'

생각과는 달리 정호는 이런 걱정이 싫지만은 않았다.

약속 장소에는 한 남자가 먼저 나와 있었다.

남자는 정호를 보자마자 정중히 인사를 해왔다.

"오랜만입니다, 오 과장님. 그렇게 섭외 요청을 해도 응해 주지 않으시더니 이렇게 만나게 돼서 정말 기쁩니다."

지금껏 섭외에 응해 주지 않아서 섭섭하다는 티가 팍팍 느껴지는 말투였지만 정호는 자연스럽게 피디의 말을 받았다.

"저도 반갑습니다, 박 피디님. 바빠서 늘 피디님의 섭외 요청에 응하지 못해서 아쉬웠습니다. 그 마음을 알았는지 유나가 이번에 시간이 나자마자 바로 이 프로그램에 출연하고 싶다고 하더군요. 유나가 이 프로그램의 팬이거든요."

뻔한 거짓말이었지만 박 피디도 속아 넘어줬다.

"유나 양이 저희 프로그램을 그렇게까지 좋아하는 줄 몰랐군요. 제가 더 적극적으로 섭외 요청을 했어야 했는데 실수를 했습니다, 허허."

정호도 박 피디와 함께 웃었다.

"이럴 게 아니라 오셨는데 마실 것부터 드셔야죠. 뭘 드시겠습니까, 과장님? 제가 법인 카드로 쏘겠습니다."

음료를 기다리면서 정호는 박 피디와 계속 대화를 나눴다.

본격적인 얘기는 아니었지만 박 피디는 끊임없이 정호와의 좋은 관계를 유지하기 위한 노력했다.

대화를 하면서 새삼 정호는 자신의 위치가 많이 격상되었음을 깨달았다.

다시 말하자면 밀키웨이가 그만큼이나 인정받는 스타의 반열에 올랐다는 뜻이었다.

매니저의 위치는 담당 연예인의 인지도로 나타났으니깐.

'박 피디라면 주말 예능을 담당하는 큰 프로그램의 수장인데 나한테 이 정도로 잘해주다니…… 어느새 여기까지 올라왔구나…… 예전보다 훨씬 빠른 속도야…….'

정호가 입과 얼굴로는 리액션을 하고 머리로는 딴생각을 하는 동안 음료가 나왔다.

음료를 가지고 자리에 앉자 본격적인 이야기가 시작됐다.

"전화를 받고 많이 놀랐습니다. 유나 양이 정말 출연을 결심한 겁니까?"

출연을 확정 짓고 싶어 하는 박 피디의 마음을 읽으며 정호가 대답했다.

"물론입니다. 출연을 할 정도의 시간이 없어서 섭외 요청을 거절했을 뿐이지 유나는 정말 복면가수왕을 좋아하거든요. 일본 활동 중에도 빠지지 않고 챙겨본 유일한 프로그램이 복면가수왕일 정도였습니다."

"그렇습니까?"

복면가수왕의 박 피디가 반색하며 반문했다.

얼굴을 가린 채 오로지 노래 실력으로만 뛰어난 가수를 가리는 복면가수왕.

이것이 바로 정호가 신유나의 성공적인 솔로 데뷔를 위해 선택한 복안이었다.

'실력이 있다면 다른 복안을 필요 없다.'

그리고 이건 복안이라기보다는 신유나의 실력에 대한 믿음이었다.

19장. 다른 음색으로

복면가수왕, 첫 촬영 당일.

촬영장으로 이동하는 차 안은 정적에 휩싸여 있었다.

정호가 분위기를 전환하기 위해 몇 가지 말을 떠올려봤지만 생각나는 어느 것도 마땅하게 느껴지지 않았다.

신유나와 단둘이 어디론가 이동을 하는 건 이번이 처음이었다.

정호로서도 이런 상황이 불편하고 어색했다.

'수아의 소중함을 이럴 때 느끼는구나. 하다못해 서연이나 미지라도 있었다면…….'

다른 멤버들은 트레이너의 도움을 받아 연습을 하고 있었다.

황성우가 프로듀싱 101 시즌2 이후 워너비원으로 활동을 하게 되면서 황태준에게 여유가 생긴 상태였고 정호가 자리를 비운 사이 황태준이 수시로 멤버들의 상태를 확인하기로 했다.

'N.net에서 각 소속사의 매니저를 껄끄러워한다는 점이 이렇게 장점으로 작용할 줄은 몰랐군. 태준이 녀석이라도 자유로워서 다행이야.'

워너비원은 N.net의 프로젝트 그룹이었기 때문에 N.net 측에서 매니저를 따로 고용한 상태였다.

그런 까닭에 걸핏하면 항의를 해오는 각 소속사의 매니저는 팀을 운용하는 데 있어 방해가 된다며 껄끄러워하는 기색이 역력했다.

'약간 걱정스러운 건 사실이지만 어쩔 수 없지…… 양쪽 모두 연습실에 틀어박혀 연습을 하고 있는 상태니깐 별일은 없을 거다…… 빨리 사람을 더 뽑아 달라고 해야겠군…….'

앞으로 정호는 밀키웨이 멤버들의 개인 스케줄을 늘려 나갈 생각이었다.

밀키웨이 멤버들이 개개인의 특별한 개성을 갖춰 미래에도 빛나는 연예인으로 살아갈 수 있도록 도와주고 싶은 게 정호의 마음이었다.

그 계획의 시작이 신유나였다.

'뭐…… 나중 일은 나중에 생각하자…… 일단 눈앞에 있는 유나부터…….'

정호는 정적을 간신히 비집고 입을 열었다.

"유나야, 긴장했니?"

차창 밖을 보며 음악을 듣고 신유나가 이어폰을 빼며 되물었다.

"네?"

"아니, 긴장했나 싶어서."

누구보다도 시크한 표정을 짓고 있는 신유나이기 때문에 자존심을 심하게 세울 것 같지만, 사실 신유나는 자기가 믿는 사람들에게까지 그렇게 하는 사람이 아니었다.

신유나가 순순히 대답했다.

"긴장했죠…… 당연히……."

정호는 그런 신유나가 귀여워서 웃었다.

정호에게 있어서 신유나는 정말 친동생 같은 존재였다.

그것도 막내 동생.

성인이 된 지 얼마 되지 않은 신유나였기 때문에 더더욱 그랬다.

"너무 긴장하지 마. 오늘 좋은 결과를 내지 못해도 너는 이미 밀키웨이의 가장 믿음직한 보컬이잖아."

정호의 말에 신유나가 조금 안심하는 표정을 지었다.

"그리고 동시에 너는 밀키웨이의 마스코트지. 메인보컬 퍼피, 신유나."

안심으로 풀어졌던 신유나의 표정이 일그러졌다.

신유나는 신경질적으로 이어폰을 귀에 꽂았다.

중간 지점에서 만난 복면가수왕의 코디가 신유나에게 옷을 입혔다.

보안을 철저히 지키기 위해 복면가수왕 촬영팀은 다양한 방법으로 출연자와 접촉을 시도하고 있었다.

코디가 한쪽에서 신유나의 옷을 입히는 사이 다른 한쪽에서 정호는 작가에게 항의했다.

"저번에도 말했지만 진짜 안 바꿔줄 거예요? 앞으로도 계속 쓸 가면인데 이게 뭐예요. 다른 가면 없어요? 이름도 좀 바꿔 주시고요."

신유나의 복면가수왕 이름은 산소인간포카리였고 가면은 하얀 얼굴에 눈 밑에 파란색으로 인디언처럼 페이스페인팅을 한 것이었다.

복면가수왕 측에서 신경을 쓴 모양인지 이름도 가면도 꽤나 귀여웠다.

작가는 다소 떨떠름한 표정으로 정호에게 물었다.

"어떻게 바꿔드릴까요……?"

정호는 과장된 목소리로 당당히 대답했다.

"강아지 가면이나 그런 거로요. 이름도 최강시크퍼피, 같은 걸로 해주세요."

정호의 의도를 파악하고 복면가수왕의 작가가 풉 하고 웃었다.

진짜로 항의를 하고 있다기엔 얼굴에 웃음기가 가득했고 목소리도 과장된 면이 강했기에 정호가 옷을 갈아입고 있는

매니지
먼트의
제왕 2

신유나를 놀리고 있다는 걸 어느 누구라도 알 수 있는 상황이었다.

아니나 다를까.

옆에서 빽 하고 신유나 소리를 질렀다.

"과장님!"

소리가 어찌나 큰지 정호를 비롯한 코디와 작가까지 귀를 막았다.

"흥!"

신유나가 먼저 차 안으로 들어갔다.

정호는 슬며시 막고 있던 손을 떼며 작가에게 말했다.

"우리 유나 가창력 장난 아니죠? 한 건 할 것 같죠?"

역시나 손을 떼고 있던 작가가 고개를 끄덕였다.

고막이 찢어질 것 같은 가창력이었다.

◇ ◆ ◇

복면가수왕 판정단들이 모두 입장했고 MC와 게스트들도 자기 자리를 찾아갔다.

잠시 후 복면가수왕의 본격적인 촬영이 시작됐다.

먼저 무대 MC가 박수 세례 속에서 소개 멘트를 했다.

"미스터리 음악쇼 복면가수왕! 편견 없는 MC 김정진입니다. 반갑습니다."

그런 뒤 현재 2연속으로 복면가수왕 자리에 올라 있는

촉촉하게해줘미스트에게 인사를 시켰다.

촉촉하게해줘미스트의 음성 변조된 목소리가 마이크를 통해 흘러나왔다.

"이렇게 2주 연속 살아남게 될 줄 몰랐는데 너무 영광입니다. 오늘도 즐거운 공연으로 보답하겠습니다. 감사합니다."

촉촉하게해줘미스트가 판정단들을 향해 인사를 하자 역시나 박수와 환호가 쏟아졌다.

'촉촉하게해줘미스트가 누구였지……? 생각이 날 듯 희미하네…… 장기 집권을 했던 친구는 아닌 거 같은데…….'

정호가 대기실에서 방송 화면으로 보며 기억을 되감는 사이 김정진은 간단히 게스트들에게 촉촉하게해줘미스트가 계속해서 자리를 지킬 수 있을지 묻고 답하는 시간을 가졌다.

어느 정도 멘트를 얻었다고 생각했는지 김정진이 진행을 속개했다.

"자, 그럼 제1라운드 첫 번째 조의 대결부터 만나보겠습니다. 복면가수왕, 시작합니다!"

자연스럽게 1라운드가 시작됐다.

1라운드 대결은 물바가지나뭇잎과 원효대사해골물의 대결이었다.

물바가지나뭇잎은 청아한 목소리를 가지고 있었지만 안타깝게도 더 파급력 있는 원효대사해골물의 허스키한 가창력에 밀려 탈락을 하고 말았다.

물바가지나뭇잎은 뮤지컬로 이름이 널려 알려진 배우 강서정였다.

'물바가지나뭇잎은 강서정이군…… 잠깐…… 그리고 보니 강서정이 나왔던 편에 강력한 도전자가 있었던 거 같은데…….'

정호는 기억을 떠올리기 위해 노력했지만 촉촉하게해줘 미스트의 정체처럼 강력한 도전자의 정체나 복면가수왕에서 사용했던 이름도 생각이 나질 않았다.

'하필 이런 중요한 순간에 생각이 나질 않는군…….'

그사이 신유나의 차례가 됐다.

"산소인간포카리, 준비해 주세요. 두 번째 조의 무대 시작합니다."

가면을 쓴 신유나가 정호를 향해 말했다.

"다녀올게요."

"잘 다녀와, 유나야."

그렇게 두 번째 조의 무대가 시작됐고 정호는 상념을 지우고 신유나의 무대에 집중했다.

'어차피 유나의 실력이라면 상대가 누구라도 걱정은 없다.'

정호는 스스로의 마음을 다독였다.

◇ ◆ ◇

산소인간포카리, 신유나의 상대는 드링크핵식스였다.

'두 음료의 자존심을 건 한판 대결이군.'

선곡된 노래는 혜음이의 〈열정〉이라는 노래였다.

1985년에 발표된 곡으로 템포가 긴장감 있고 경쾌하게 이어지는 것이 특징이었다.

나이가 어린 신유나에게 있어서는 다소 소화하기가 어려울 수도 있는 노래였다.

거기다가 음색과 무대 매너로 미루어 봤을 때, 드링크핵식스는 적지 않은 나이의 록 가수로 추정되었기에 더욱 만만찮았다.

'하지만 유나다. 우리나라에서 곡을 해석하는 능력이 열 손가락 안에 든다는 진짜 가수 중의 가수.'

정호는 승리를 확신하며 무대가 시작되는 걸 지켜봤다.

전주와 함께 무대가 시작됐고 드링크핵식스와 신유나가 각각 첫 소절을 부르자 여기저기서 환호가 쏟아져 나왔다.

두 사람 다 수준급의 실력을 선보이고 있었다.

공연 전 여러 차례 함께 노래를 맞춰 불러 보면서 서로가 대단한 상대라는 걸 알았기 때문에 두 사람 모두 최선을 다하는 중이었다.

그렇게밖에 생각할 수 없는 무대였다.

하지만 신유나의 정체를 알고 있는 정호는 생각이 달랐다.

'역시나 유나는 계획대로 가는군. 그래, 너라면 음색을 바꿔도 충분히 상대를 제압할 수 있을 거야.'

그랬다.

신유나는 평소와는 전혀 다른 음색으로 〈열정〉을 부르고 있었다.

그건 촬영 전에 정호와 신유나가 세운 전략이었다.

'유나의 실력이라면 장기 집권은 어렵지 않겠지만, 그래도 만일이라는 것이 있다.'

안전하게 장기 집권을 하기 위해서는 최대한 정체를 들키지 않는 것이 나았다.

그리고 가장 좋은 방법은 음색을 바꿔 정체를 숨기는 것이었다.

'유나는 새로운 음색을 잘 소화하고 있군…… 일본 활동 때부터 연습하고 준비한 일이니 당연하려나…….'

신유나의 새로운 음색은 허스키하면서도 파워가 느껴졌다.

록 가수로 추정되는 드링크핵식스와 비교해도 손색이 없는 파워였다.

특히 고음부를 신유나가 록 창법으로 처리하자 정호도 내심 놀랄 수밖에 없었다.

'저렇게까지 할 수 있는 건가? 그래도 상대는 진짜 록 가수인데…….'

그렇게 현장의 분위기가 신유나 쪽으로 기울었다.

그런 와중에도 산소인간포카리를 신유나라고 생각하는 사람은 아무도 없었다.

무대가 끝나고 신유나가 평소보다 밝은 분위기로 자기소개를 하자 판정단은 더 깊이 의문의 늪에 빠질 수밖에 없었다.

말도 안 되는 각종 추측들이 난무했다.

대다수가 뮤지컬 배우나 록 가수의 이름을 대며 산소인간포카리의 정체로 추정했다.

특히 독설로 유명한 MC인 권구라가 강하게 자신의 의견을 어필했다.

"아니야, 확실해. 〈나보기가 역겨워〉를 불렀던 미야라고. 왜 다들 내 말을 못 믿는 거야? 에이, 정말 보기가 썩 좋지만은 않네. 조금…… 그래."

그렇게 정체는 조금도 밝혀지지 않은 채 승리는 산소인간포카리에게 돌아갔다.

드링크핵식스는 탈락 후 얼굴 공개 공연을 시작했다.

드링크핵식스의 공연 시작과 함께 신유나가 대기실로 돌아왔다.

"잘했어, 유나야. 그렇게 불렀는데 목 상태는 괜찮아? 약간 무리한 것 같던데."

"괜찮아요. 몇 곡은 문제없을 거예요."

정호는 고개를 끄덕였다.

승부욕이 강하긴 하지만 이런 일로 거짓말을 할 아이가 아니었다.

그사이 드링크핵식스의 정체가 밝혀졌다.

예상대로 드링크핵식스는 최근에 잘 활동하지 않는 어느 록 가수였다.

정호는 드링크핵식스의 정체를 어느 정도 예상하고 있어서 놀라지 않았지만 신유나는 조금 놀란 모양이었다.

"어, 저분은…… 저분 노래 참 좋아했는데……."

신유나의 반응을 보며 정호가 흡족해했다.

'옛날 록 가수의 노래까지 들었을 정도라니…… 음악의 스펙트럼이 확실히 넓군…….'

드링크핵식스의 무대가 감동적으로 마무리되고 잠시 후 세 번째 조의 경합도 끝이 났다.

세 번째 조에서는 신인 가수가 등장해서 탈락했고 향기가나서향초라는 이름의 복면가수가 다음 라운드에 진출했다.

그리고 마침내 시작된 네 번째 조의 무대.

이 무대에서 정호는 떠올리려고 했지만 떠올릴 수 없던 강력한 도전자가 누구인지 깨달았다.

'원두는역시아싸라비아콜롬비아!'

복면가수의 이름이 소개될 때 신유나는 풉, 하고 웃더니 정호를 의식하여 서둘러 표정 관리를 했다.

하지만 정호는 그런 신유나의 사정을 알 수 없었다.

원두는역시아싸라비아콜롬비아의 정체가 생각났기 때문이었다.

'원두는역시아싸라비아콜롬비아는 촉촉하게해줘미스트를 꺾고 5연속 복면가수왕의 자리를 차지하는 가수 이진호이다.'

그리고 이진호는 신유나의 다음 라운드 상대이기도 했다.

'어쩌지? 이대로 바꾼 음색으로 다음 라운드 무대를 하게 해도 괜찮은 걸까?'

20장. 진짜가 아닌, 그리고 진짜

　신유나의 실력을 못 믿는 것은 아니었다.

　다만 상대가 좋지 못했다.

　이진호는 SH워너비의 메인 보컬로 한 시대를 풍미했던 가수였다.

　실력도 실력이지만 이진호에게는 오랜 경험과 노하우가 있었다.

　하지만 정호를 걱정스럽게 만드는 건 이진호의 이런 부분들이 아니었다.

　'이진호의 5연속 복면가수왕은 내가 겪어본 시간이다. 하지만 신유나는 내가 겪어본 시간에서 복면가수왕에 참가한 적이 없어.'

딱히 경험주의자가 아니라 해도 사람은 경험한 일에 비추어 상황을 판단하는 경우가 대다수였다.

본능적으로 그게 실패를 줄이는 방법이라는 걸 알고 있는 것이었다.

'어쩌지? 내가 겪어본 시간과 유나의 실력 중에서 믿어야 하는 것은 어느 쪽이지? 조금 더 승리의 확률을 높이기 위해 유나 본연의 음색으로 노래를 부르게 해야 하는 걸까?'

정호가 고민하고 있을 때 대기실 화면으로 네 번째 조의 무대를 보고 있던 신유나가 입을 열었다.

"이진호."

"응?"

상념에서 빠져나온 정호가 반문을 하자 신유나는 손가락으로 원두는역시아싸라비아콜롬비아를 가리켰다.

그러고는 침착하고 차분한 목소리로 말했다.

"저 사람, SH워너비의 이진호인 거 같아요."

신유나가 그렇게 말하는 순간, 어떤 촉이 정호의 머릿속을 스쳐 지나갔다.

그건 경험을 뛰어넘는 어떠한 감각이었다.

정호가 주먹을 움켜쥐며 생각했다.

'그래, 유나를 한번 믿어보자!'

◇ ◆ ◇

1라운드에서 승리한 4명의 참가자가 실력을 겨룰 시간이었다.

신유나의 상대는 예상대로 원두는역시아싸라비아콜롬비아, 이진호였다.

신유나를 믿어 보기로 마음을 먹자 정호는 한결 여유로워졌다.

'어서 유나가 이진호를 꺾었으면 좋겠군. 원두는역시아싸라비아콜롬비아라니…… 이름이 너무 길어……'

이진호의 공연이 먼저 시작됐다.

선곡은 신영재의 〈빌려줄게〉라는 노래였다.

비교적 최근에 발표된 곡으로 저음부의 매력보다는 고음부의 가창력을 마음껏 뽐낼 수 있는 곡이었다.

이진호는 특유의 두터운 목소리로 안정감 있게 곡을 이끌어갔고 가창력도 마음껏 뽐냈다.

이진호의 무대가 끝나자마자 신유나의 입이 열리며 중얼거리는 듯한 목소리가 흘러나왔다.

"잘하네요."

정호가 신유나의 말을 받았다.

"잘하지."

"그래도 질 생각은 없어요."

신유나는 스스로에게 다짐하듯 말했다.

정호는 고개를 끄덕여줬다.

그사이 다음 무대 준비가 끝났는지 스태프의 목소리가 들려왔다.

"산소인간포카리, 준비할게요!"

이제 신유나의 차례였다.

신유나가 준비한 곡은 윤정신의 〈야경〉이었다.

2008년에 발매된 노래로 편곡에 따라서 저음부와 고음부가 모두 밸런스 있게 표현 가능했다.

신유나는 지금까지의 콘셉트와 동일하게 록 버전으로 〈야경〉을 편곡한 상태였다.

'하지만 마냥 소리만 지르는 편곡이 아니지.'

허스키한 음색의 저음부를 어느 때보다도 강조한 편곡이었다.

신유나의 노래가 시작됐다.

남산 꼭대기에서 바라본 도시의 풍경을 신유나가 담담하게 읊조리듯 풀어나갔다.

담담했지만 신유나의 허스키함에서는 삶의 고단함이 묻어났다.

관객 모두가 그런 인상을 받았고, 정호 역시 마찬가지였다.

'연습실에서 몇 번이나 이 노래를 들었는데……'

수십 번 이 노래를 들은 정호조차도 신유나가 표현해내는

매니지
먼트의
제왕 2

삶의 고단함이 가슴속에 와 닿았다.

그렇게 신유나의 감성은 현장의 모든 사람들을 사로잡았다.

이전의 무대를 기억하는 사람은 없었다.

신유나의 감성에 빠져 모두 허우적거리느라 바쁠 뿐이었다.

그러는 동안 곡은 점차 고음부를 향해 고조됐고 마침내 터질 듯한 가창력을 만났다.

록 스피릿이 가미된 굉장한 가창력이었다.

삶의 고단함으로 답답했던 가슴이 뻥 뚫리는 느낌이었다.

'이겼다……'

관객의 환호성을 들으며 정호는 승리를 확신했다.

예상대로 신유나는 이진호를 꺾었다.

표 차이도 당초의 예상보다 많이 벌어졌다.

그만큼 신유나의 무대가 압도적이었다는 뜻이었다.

가장 강력한 상대였던 이진호를 꺾고 나자 다른 무대들은 특별한 위기감을 주지 못했다.

특히 가왕 결정전은 한 소절만 듣고도 신유나의 승리를 예측할 수 있을 정도였다.

'그나저나 애는 정말 록에 소질이 있는 거 아닐까? 아무리 음색을 바꾸려고 많은 노력을 했다지만 이 정도로 잘하기는 쉽지 않을 텐데……'

그날 신유나는 새로운 가왕이 되었다.

온라인상에는 어느 노련한 록 가수가 가왕이 되었다는 소문이 돌았다.

◇　◆　◇

시간이 흐르면서 신유나는 어렵지 않게 3연속 가왕 자리에 올랐다.

그동안 온라인상에서는 끊임없이 산소인간포카리의 정체에 대한 갑론을박이 펼쳐졌지만 산소인간포카리의 정체를 신유나라고 예상하는 사람은 없었다.

특히 최근에 한 가지 기사가 나오면서 산소인간포카리의 정체는 완벽히 미궁으로 빠져 들어갔다.

사람들은 산소인간포카리의 정체를 보통 복면가수왕의 MC인 권구라의 의견처럼 〈나보기가 역겨워〉를 불렀던 미야로 생각했는데 미야가 복면가수왕의 촬영 일에 다른 곳에서 행사를 뛴 게 목격된 것이다.

이 사실은 발 빠르게 기사화가 되었고 동시에 사람들은 혼란스러워했다.

[이거 ㄹㅇ 팩트냐? 미야가 복면가수왕 촬영 일에 진짜 강릉에서 행사 뛴 거 맞냐?]

[ㅇㅇ내가 강릉 사는데 미야 봤음]

[와 그럼 산소인간포카리 누구냐? 미야 아니면 그런 실

력을 낼 사람 없지 않음?]

  [ㅋㅋㅋㅋ솔직히 미야 아닌 거 나는 처음부터 알았다ㅋ
ㅋㅋㅋ]

  [ㄴ또 노스트라다무스 납셨네ㅗㅗ]

  [ㅋ노스트라다무스ㅋㅋㅋ]

  [ㅋㅋ강릉ㅋㅋㅋ강릉은 어디에 붙어 있는 동네냐?ㅋㅋ
ㅋㅋㅋ]

  [당신과 같은 분이 지역감정을 만드는 겁니다ㅎㅎ 자제
해 주세요ㅎ]

  [ㄴ네, 다음 선비]

  [근데 윗분 말도 일리가 있는 게 미야랑 솔직히 발성 같
은 게 조금 다름ㅇㅇ]

  [왜, 진영아? 소리가 반이고 공기가 반이야?]

  [ㅋㅋㅋㅋㅋㅋJYB가 여기에 왜 나오냐고ㅋㅋㅋㅋ]

  [아 진짜 산소인간포카리 누구냐? 개궁금하다!]

  정호가 그렇게 온라인상의 반응을 살피고 있을 때 복면
가수왕의 박 피디로부터 전화가 왔다.

  간단한 인사와 대화가 오가고 박 피디가 본론으로 들어
갔다.

  "어떻습니까? 이번에도 신유나 양은 다른 음색으로 방어
전을 할 생각입니까? 이쯤에서 슬슬 정체가 밝혀져야 화제
성도 생기고 방송도 홍보가 될 텐데……."

  박 피디 입장에서는 현존 대한민국 최고의 걸 그룹이라고

할 수 있는 밀키웨이의 멤버를 캐스팅하고도 홍보 효과를 누리지 못하는 게 아쉬울 수밖에 없었다.

그러다 보니 매일같이 이제 슬슬 정체를 어느 정도 알리는 게 좋을 것 같다는 전화를 해오고 있었다.

"글쎄요…… 아직 그럴 만한 상대를 만나지 못해서……."

하지만 정호는 아직 신유나의 정체를 밝힐 생각이 없었다.

정체가 드러나는 순간 약점 또한 드러나는 것이나 다름없었다.

성공적인 솔로 데뷔를 위해서 최대한 오래 가왕의 자리에 있어야 하는 신유나였기 때문에 정호는 가능한 한 정체를 숨기고 싶었다.

'여성 가왕의 최고 기록이 음악9단흥부자댁의 6연속 가왕이었나? 적어도 그 기록은 넘어야 해. 그래야 제대로 홍보 효과를 볼 수 있어. 옆동네노래대장의 9연속 가왕 기록을 깰 수 있다면 더더욱 좋고.'

이런 생각을 갖고 있다 보니 안타깝지만 방송의 홍보를 원하는 박 피디의 말은 들어줄 수가 없었다.

그때 수화기 너머로 박 피디의 말이 들려왔다.

"그럴 만한 상대라……."

"네?"

"아, 아닙니다. 혼잣말입니다."

매니지
먼트의
제왕 2

"어쨌든 정말 죄송합니다. 저희 입장에서는 유나가 최대한 오랫동안 가왕의 자리를 유지해야 하거든요."

"그렇군요…… 잘 알겠습니다."

통화가 마무리됐고 정호는 다시 온라인상을 반응을 살피기 위해 노트북 앞에 앉았다.

그러다가 문득 위화감이 들어서 책상에 내려두었던 스마트폰을 쳐다봤다.

'방금…… 그럴 만한 상대…… 라고 했나?'

촬영 당일.

산소인간포카리의 4연속 가왕을 저지할 강력한 상대가 등장했다.

'박 피디가 이를 갈았군……'

처음에는 긴가민가했지만 2라운드 개인 공연부터 확신할 수 있었다.

신유나가 대기실 화면으로 송출되는 햄버거 모양의 가면을 가리키며 말했다.

"김조현, 맞죠?"

"응. 그런 거 같다."

햄버거먹다가입찢어졌네라는 이름으로 등장한 이번 도전자는 수많은 명곡을 쏟아낸 가수 김조현이었다.

"역시 대단하네요. 가창력도 가창력이지만 음을 처리하는 방식이 굉장히 다양해요."

정호는 고개를 끄덕여 신유나의 의견에 동의했다.

괜히 R&B의 제왕으로 불리는 게 아닌 김조현의 실력이었다.

실력을 눈으로 직접 보고 귀로 직접 들으니 신유나도 좀 긴장을 한 것 같았다.

신유나가 정호를 돌아보며 물었다.

"저, 어때 보여요?"

정호는 밝게 웃으며 대답했다.

"걱정 마. 완벽해 보여."

박 피디와의 통화 후 정호는 왠지 꺼림칙한 느낌을 지우지 못했다.

엄청난 상대를 데려올 것 같은 예감이 계속해서 들었다.

정호는 이 부분을 정 부장에게 상의했다.

"박 피디가 예전부터 욕심이 많았어. 〈한입에 먹어줘요〉에서는 출연자한테 억지로 밥을 먹여서 출연자가 배탈 난 적도 있었지."

정호도 기억하고 있는 사건이었다.

〈한입에 먹어줘요〉는 원래 전통 있는 맛집의 훌륭한 음식을 소개하는 프로그램이었다.

하지만 어느 순간부터 먹는 모습을 찍는 데 집착하더니

흡사 먹방처럼 변해 버렸고 출연자가 많은 음식을 한꺼번에 먹는 모습이 복스러운 것처럼 그려졌다.

결국 〈한입에 먹어줘요〉는 점점 더 많은 음식을 복스럽게 처리하는 게 목적이 되고 말았다.

그런 와중에 터진 출연자 배탈 사건은 예견된 일이었다.

정 부장이 계속 말을 이었다.

"소속사 측에서 정식으로 항의를 했고 화가 난 해당 출연자의 팬들은 적극적으로 〈한입에 먹어줘요〉를 공격했지. 그렇게 〈한입에 먹어줘요〉는 종영을 했어. 만약 박 피디가 파일럿으로 〈복면가수왕〉을 준비하지 않았다면 방송국에서 퇴출당했을 거야."

정호가 고개를 끄덕이며 말했다.

"확실히 욕심이 있군요."

"응. 대단한 편이지. 아마 이번에도 강력한 상대를 준비할 거다."

정호는 정 부장의 조언을 받아들였다.

6연속 가왕의 기록을 넘기 위해서는 아직 갈 길이 멀었다.

조금이라도 위험의 여지가 있다면 대비를 해둘 필요가 있었다.

정호는 햄버거먹다가입찢어졌네에게서 눈을 떼지 못하는 신유나에게 물었다.

"컨디션은 어때?"

"좋아요. 확실히 음색을 바꾸는 건 무리가 갔으니까요."

긴장을 풀기 위함인지 신유나가 아아아, 하고 목소리를 냈다.

허스키함이 전혀 느껴지지 않는 청아한 목소리였다.

정호가 그런 신유나를 향해 말했다.

"긴장 풀어. 이번에는 네 음색으로 준비했잖아. 네가 가진 진짜 음색이라면 누구랑 붙어도 절대 지지 않을 거야."

"알아요. 저는 지지 않아요."

신유나는 당당하게 대꾸했다.

늘 강해지기 위해 노력하는 신유나다운 태도였다.

정호가 고개를 끄덕이며 대답했다.

"맞아. 너는 지지 않을 거야. 나는 너를 믿어."

신유나는 이번 방어전을 자신의 음색으로 준비했다.

작은 패배의 가능성도 남기지 않으려는 선택이었다.

이제 신유나의 진짜 실력을 드러낼 시간이었다.

21장. 조작?

김조현은 백진영의 〈제발 날 떠나지 마〉로 2라운드를 손쉽게 돌파했다.

그런 뒤 3라운드에서 2003년에 발표된 플라이 투 더 스킨의 〈Missing〉으로 가왕 산소인간포카리에게 도전장을 내밀었다.

김조현은 역시나 김조현이었다.

〈Missing〉으로 당장 가왕의 자리에 올라도 손색이 없는 무대를 보여줬다.

깔끔한 R&B 기술을 적절하게 가미하여 2인조 남성 그룹의 노래를 혼자서 완벽하게 소화했다는 점이 놀라웠다.

현장의 모두가 그렇게밖에 생각할 수 없었다.

하지만 정호는 조금 다른 방식으로 김조현을 인정했다.

'아니, 이건 오히려 2인조 남성 그룹의 노래를 홀로 불렀기 때문에 나올 수 있는 다채로움이었다…… 평범한 실력의 가수라면 시도조차 할 수 없는 일이지만 김조현은 다르지…… 스스로의 장점을 제대로 파악하고 있기에 세울 수 있는 전략이다…… 훌륭하군.'

신유나의 승리를 누구보다 간절히 바라는 정호로서도 김조현을 인정할 수밖에 없었다.

한 장르의 완성을 이룬 김조현의 실력은 진짜였다.

하지만 정호는 패배를 떠올리지 않았다.

저쪽만이 진짜가 아니었다.

'이쪽도 진짜다!'

문 밖에서 스태프의 목소리가 들려왔다.

"산소인간포카리, 무대 준비됐습니다!"

신유나가 정호를 향해 말했다.

"다녀올게요."

"응, 다녀와."

신유나가 무대에 올랐고 곧 전주가 흘러나왔다.

2015년에 발표된 정중일의 〈눈부신 날〉의 전주였다.

〈눈부신 날〉은 매력적인 저음으로 드라마틱하게 감성을 고조시키는 것이 특징인 노래였다.

'〈눈부신 날〉이라니 공교롭군…….'

정호가 기억하고 있는 시간에서 신유나는 〈눈부신 날〉이라는 제목의 노래로 국민 여동생의 타이틀을 얻으며 일약 스타에 올랐다.

하지만 이번 시간에서 신유나는 아직 〈눈부신 날〉이라는 노래를 만나지 못한 상태였다.

물론 여기서 말하는 신유나의 〈눈부신 날〉은 정중일의 〈눈부신 날〉과 전혀 다른 곡이었다.

'정중일의 〈눈부신 날〉이 매력적인 저음부로 대중에게 널리 알려진 것에 반해 신유나의 〈눈부신 날〉은 3단 고음으로 유명했지.'

이런 속사정을 뒤로 하고 지금 신유나가 부르는 노래는 어쨌든 정중일의 〈눈부신 날〉이었다.

'그리고 신유나의 진짜 음색으로 부르는 신유나 버전의 〈눈부신 날〉이지.'

전주를 타고 마침내 신유나 본래의 음색이 튀어나왔다.

어떤 가수의 것보다도 투명하고 청아한 음색이었다.

신유나의 첫 소설을 듣고 모든 판정단이 눈을 동그랗게 떴다.

놀란 마음을 전혀 감추지 못하는 기색이 역력했다.

그럴 수밖에 없었다.

신유나의 음색은 지금까지와 판이하게 달랐으니깐.

출연자 중 하나가 신유나의 노래가 시작됐다는 것도 잊고 놀라서 중얼거렸다.

유명 작곡가인 유연석이었다.

"누구야…… 어떤 게 진짜 산소인간포카리인 거야……?"

유연석의 목소리가 모든 사람들의 마음을 대변했다.

3연속 가왕의 자리에 오르는 동안 산소인간포카리는 경력 많은 노련한 록 가수라는 추측을 받아왔다.

허스키한 저음과 파워가 넘치는 고음이 산소인간포카리의 트레이드마크였기 때문이었다.

근데 지금 그런 산소인간포카리가 가장 투명하고 청아한 목소리를 내고 있으니 놀라지 않을 수 없었다.

마찬가지로 옆에서 입을 떡 벌리며 놀라고 있던 유명 작곡가인 김헌철이 다급하게 유연석에게 말했다.

산소인간포카리의 정체를 파악한 모양이었다.

"설마…… 걔, 아니야?"

"누구?"

김헌철이 유연석을 향해 작은 소리로 대답했다.

"밀키웨이, 신유나."

"진짜?"

박 피디는 이 대화 장면을 고스란히 카메라에 담았다.

마이크를 차고 있는 두 작곡가의 대화를 박 피디가 놓칠 리 없었다.

'좋아…… 어렵게 김조현을 섭외하길 잘했군…….'

주변이 분주하게 돌아가는 동안에도 투명하고 청아한 가운데 단단한 힘을 잃지 않는 신유나의 〈눈부신 날〉은 점차 드라마틱하게 감성이 고조됐다.

그리고 노래가 어떤 기점에 들어서자 사람들은 잡다한 생각은 모두 잊고 음악에 심취했다.

분명 귀로 듣고 눈으로 보는 무대임에도 불구하고 신유나의 무대는 가슴에 가장 먼저 와 닿았다.

그렇기 때문에 사람들은 신유나에게 빠져들 수밖에 없었다.

가장 높은 곳에 서서 사람들의 마음을 사로잡는 신유나를 바라보며 정호가 생각했다.

'유나야, 정말 완벽하다!'

산소인간포카리의 정체에 대한 의문에서 시작된 무대는 산소인간포카리의 새로운 음악 세계를 보여주며 끝을 맺었다.

그사이 김조현은 아쉽게도 잊힐 수밖에 없었고 신유나는 4연속 가왕 자리에 올랐다.

방송 직후 김조현은 한 언론사와의 인터뷰에서 소신껏 자신의 의견을 밝혔다.

"보통 가수가 아니었어요. 큰 벽을 만난 기분이었습니다. 산소인간포카리는 아마도 어렵지 않게 7연속 가왕 자리에 오를 거예요. 운이 좋다면 9연속 가왕의 기록도 깰 수 있겠죠."

김조현의 인터뷰는 그대로 기사화가 되어 각종 매체에 뿌려졌다.

신유나의 신화가 새롭게 쓰이고 있었다.

◇ ◆ ◇

시간이 흐르며 김조현의 인터뷰는 예언처럼 들어맞았다.

어느새 신유나는 7연속 가왕 자리에 올랐다.

쉽지 않은 상대들을 만났지만 차례로 이선 〈그중에 그댈 만나〉, 박호신 〈동경〉, 바스커바스커 〈전화를 거네〉를 불러 모두 꺾었다.

모두 압도적인 실력 차이가 드러난 승리였다.

덕분에 산소인간포카리는 매주 화제가 됐다.

방송만 끝나면 산소인간포카리가 부른 곡이 음원 차트 1위를 반드시 점령할 정도였다.

특히 신유나의 버전으로 부른 〈동경〉이 큰 인기를 얻었다.

하지만 이런 인기와는 별개로 논란이 되는 부분도 있었다.

[와…… 이번에도 쩔었다ㅋㅋㅋ 신유나는 진짜 물건인 듯ㅋㅋㅋㅋ]

[신유나, 7연속 가왕 실화냐?]

[여자 가왕 신기록 경신ㄷㄷ 근데 앞에서 3연속 가왕 한

사람이랑 동일 인물 맞음?]

[내가 아는 사람이 방송 관계자인데 아니라고 함ㅇㅇ]

[ㅋㅋㅋㅋㅋㅋ역시 누가 대신 불러준 건가?ㅋㅋㅋㅋㅋㅋ]

[근데 산소인간포카리 신유나 맞아요? 신유나가 노래를 저렇게 잘하나요?]

[잘해요ㅎㅎ 우리 유나 예전에 라디오 나와서도 지렸어요ㅎㅎㅎ]

[신유나 실력은 ㅇㅈ]

[방송국에 내가 아는 사람이 도대체 누구냐ㅋㅋㅋㅋㅋㅋ 티비로 본 사람을 아는 사람으로 착각하는 건 아니지?ㅋㅋㅋㅋ]

[근데 진짜 궁금하긴 하다ㅋㅋㅋ 나도 솔직히 동일 인물 아닌 거 같음……]

4연속 가왕 자리에 올랐을 당시 작곡가 유연석과 김헌철 이 대화가 방송을 타면서 산소인간포카리의 정체는 신유나 로 굳어진 상태였다.

'본래의 음색으로 노래를 부르려고 마음을 먹었을 때 이미 예상한 일이었다. 유나의 음색이 흔한 것도 아니니…… 그나저나 이런 논란이 생길 줄은 몰랐군…… 가왕 바꿔치기라니…….'

정호로서도 전혀 예상하지 못한 일이었다.

가왕 바꿔치기라니, 상상도 할 수 없는 일이었다.

'뭐…… 나중에 얼굴을 공개할 때 3연속 가왕 시절의 노래를 불러주면 해결되겠지…… 사실 내가 지금 당장 고민할 문제는 이게 아니야.'

얼마 전부터 박 피디 쪽의 움직임이 심상치 않았다.

6연속 가왕의 자리에 올랐을 때부터 느낀 위화감이었다.

정호는 언제나 가장 만만한 정 부장과 이 부분에 대해서 상의했다.

"움직임이 심상치 않다…… 이거지?"

"네."

"글쎄다…… 왜 그럴까…….''

정 부장은 여러모로 생각을 해보는 듯하더니 그럴 듯한 추측을 내놓았다.

"옆동네노래대장의 9연속 가왕 기록을 깨고 싶지 않은 거 아닐까? 알다시피 하연우는 복면가수왕의 자랑거리잖아. 그게 아니라면 시청자의 흥미 때문이겠지. 기억하지? 실제로 옆동네노래대장이 9연속 가왕에 올랐을 때는 약간이나마 시청률이 떨어졌잖아."

정호가 동의의 의미로 고개를 끄덕였다.

'역시 그런가…….'

정 부장의 두 가지 추측은 모두 정호의 추측과 동일했다.

먼저 옆동네노래대장 하연우는 복면가수왕이 낳은 최고의 스타였다.

이슈도 이슈지만 최초로 그런 인물이 탄생했다는 점에서 산소인간포카리를 뛰어넘는 놀라운 부분이 있었다.

그런 옆동네노래대장 하연우의 기록이 깨지는 걸 복면가수왕 측에서 달가워할 리 없었다.

뿐만 아니라 옆동네노래대장이 9연속 가왕에 올랐을 때의 반응이 심상치 않았다.

'어차피 승리는 옆동네노래대장.'이라는 생각이 퍼지면서 복면가수왕 내부의 경쟁이 다소 약화됐고 복면가수왕이라는 프로그램 자체가 루즈하게 느껴지는 경향이 없지 않았다.

이런 경향은 자연스럽게 시청률 하락으로 이어졌다.

'네 생각은 잘 알았다, 박 피디…… 그래서 앞으로 어떻게 나올 생각이냐…….'

정호가 생각에 빠져 있는 사이 정 부장이 입을 열었다.

"뭐, 아직 실제적인 접촉이나 움직임은 없으니깐 조금 더 지켜보자."

정호는 대답 대신 고개를 끄덕였다.

며칠 후.

예상대로 박 피디로부터 전화가 걸려왔다.

박 피디는 다짜고짜 앓는 소리를 했다.

"아이고, 이러다가 정말 저희 방송 무너집니다…… 사정 좀 봐주세요, 오 과장님……."

"사정을 봐드리다니요. 저희가 사정을 봐주고 말 것이
뭐 있습니까?"

"딱 한 번만 눈감고 조금 약한 노래로 불러주세요……
누가 봐도 이건 좀 실험성이 짙다는 인상이 있는 그런 노래
요…… 좀 부탁드리겠습니다……."

어느 정도 예상하고 있던 박 피디의 요구였다.

하지만 정호는 박 피디의 요구를 들어줄 생각이 없었다.

9연속 가왕의 기록을 깨고 싶다는 욕심이 작용해서 그런
것이 아니었다.

정호의 입장에서는 어떤 식으로든 시청자를 우롱하고 싶
지 않았다.

'지더라도 깔끔하게 유나의 실력이 부족해서 지는 편이
낫다. 시청자를 우롱해서 살아남는 연예인은 없어. 연예인
이 연예인이기 전에 사람인 것처럼, 시청자 역시 시청자이
기 전에 사람이야.'

정호는 단호하게 박 피디의 요구를 거절했다.

그러자 박 피디가 본색을 드러냈다.

"이런 식으로 나오면 저희도 어쩔 수 없이 차선책을 사
용하겠습니다."

"차선책이요?"

"조금 논란이 되더라도 프로그램을 살리기 위해 선택할
수밖에 없는 일이죠."

정호는 박 피디가 말하는 차선책이 무엇인지 알 수 있었다.

이전에도 여러 번 의문이 제기됐던 투표 조작을 하겠다는 뜻이었다.

'결국 이딴 식으로 나오겠다는 건가…….'

박 피디의 성향상 이런 선택을 할 것이라는 예상을 하지 않은 것은 아니었다.

하지만 실제로 이런 일이 닥치자 화가 나는 건 어쩔 수 없었다.

"이런 선택을 시청자들이 용납할 거라고 생각하십니까?"

"프로그램을 살리려면 어쩔 수 없지요. 그리고 저는 차선책을 취할 수밖에 없다고 말했을 뿐입니다. 오 과장님이 제 차선책을 무엇으로 알고 계시는지 저는 모르겠군요."

정호는 속으로 빠득, 이를 갈았다.

'이딴 식으로 뻔뻔하게 나오다니…….'

명백한 협박이었다.

'결국 하고 싶은 말은 이거다. 신유나는 어차피 이번 경연에서 떨어질 예정이니 알아서 판단해라. 최선을 다하면 신유나는 실력이 없어서 진 것으로 비춰질 수 있다. 그러니 실험적인 곡을 불러서 최대한 자연스럽게 떨어져라. 그것만이 신유나가 살길이다. 나쁜 자식.'

박 피디는 이런 말을 하고 있는 것이었다.

아무리 유명 가수라고 해도 갑은 프로그램이었고 피디였다.

아마 백이면 백, 거의 대부분의 가수들은 박 피디의 요구를 수용할 수밖에 없었을 것이다.

'하지만 나는 그냥 물러날 생각은 없다.'

정호는 일단 박 피디에게 어쩔 수 없다는 말투로 말했다.

"저희에게 선택권은 없군요…… 알겠습니다. 피디님이 말씀하신 부분을 긍정적으로 검토하겠습니다."

물론 정호에게는 준비해 둔 수가 있었다.

22장. 웬만한 신곡보다 나은

사실 정호는 정 부장과 대화를 나눈 후 박 피디의 농간을 이미 예측한 상태였고 어느 정도 마음도 먹었다.

정호의 성격상 당연히 이대로 그냥 물러날 생각은 없었다.

'방법을 찾아야 해…….'

그때부터 정호는 실현 가능성을 고려하여 상황을 타개할 다양한 방법을 모색하기 시작했다.

'신곡만 발표할 수 있었다면…….'

복면가수왕의 아쉬운 점은 신곡을 발표할 수 없다는 사실이었다.

만약 신곡을 발표할 수 있다면 정호의 기억에 남아 있는 수많은 신유나의 히트곡 중의 하나를 가져와 부르게 할 수 있었다.

그렇다면 문제는 완벽하게 해결될 것이 분명했다.

'그런 식으로 압도적인 실력의 차이를 보일 수만 있다면 투표 조작임을 모두가 깨닫겠지.'

하지만 아쉽게도 그럴 수 없었다.

그리고 그럴 수 없다면 압도적인 실력의 차이를 보이는 것은 불가능에 가까운 일이었다.

'박 피디는 이번에 신유나를 자연스럽게 밀어내기 위해 가장 강력한 카드를 꺼낼 것이다…… 김조현보다도 강력한 카드…….'

여기서 말하는 '김조현보다도 강력한 카드'는 '김조현보다도 훌륭한 가수'를 뜻하는 게 아니었다.

'경연 프로그램에서 유독 강력한 모습을 보이는 가수'를 뜻했다.

'그리고 그건 동시에 아주 높은 고음을 뽑아낼 수 있는 가수지…….'

결국 현장의 분위기로 판정이 나는 것이 경연 프로그램이었다.

높은 고음을 뽑아낼 수 있는 가수가 유리할 수밖에 없었고 안타깝게도 신유나보다 높은 고음을 뽑아낼 수 있는 가수는 많았다.

'최상위권 가수들에게는 별 의미가 없지만 신유나의 장점은 굳이 꼽자면 독특한 음색과 밸런스에 있다…….'

결국 신유나가 자신보다 고음이 뛰어난 가수를 이기기 위해서는 다른 장점을 최대한 활용해야 한다는 뜻이었다.

이 장점을 적절히 활용했을 때만 신유나에게 승리의 가능성이 생겼다.

신유나는 지금까지 자신의 장점을 잘 활용해 왔다.

'나는 유나의 실력을 믿는다…… 유나라면 고음이 뛰어난 어떤 가수가 온다고 해도 장점을 모두 활용하여 비등비등한 표 차이지만 반드시 승리를 거머쥐겠지…… 하지만 관객의 눈으로 봤을 때는 문제가 다르다……'

몇몇 귀 밝은 시청자들은 위화감을 느끼겠지만 대부분의 시청자들은 실력이 압도적이지 않으면 투표 조작이 가미되어도 모를 가능성이 높았다.

'높은 고음을 낼 수 있는 가수를 데려오지 않으면 모든 사람들이 위화감을 느낄 것이다…… 하지만 박 피디가 그렇게 호락호락한 사람은 아니지……'

이건 철권을 휘두를 수 있는 피디와의 대결이었다.

어떻게 해도 정호와 신유나가 이길 수 있는 싸움이 아니라는 뜻이었다.

'만약 내가 기억하는 유나의 히트곡을 신곡으로 발표할 수 있다면 아무리 고음이 뛰어난 가수라도 유나를 넘지 못할 텐데…… 정말 아쉽다……'

다시 말하지만 최상위권 실력의 가수들은 실력의 차이가 거의 존재하지 않았다.

그래서 장점을 모두 활용할 수 있는 쪽이 승리를 거머쥘 수밖에 없었다.

결국 자기 노래를 부르는 가수보다 유리한 가수는 없다는 뜻이었다.

'하지만 복면가수왕은 신곡을 부를 수 없다······ 다른 방법을 찾아야 해······.'

잠시 언론에 사실을 유포하는 것도 고려했지만 그것은 고려에 그쳤다.

언론플레이는 치킨 게임이 될 가능성이 높았다.

특히 복면가수왕으로 명성을 얻고 있는 신유나에게 타격이 있었다.

언론의 폭로로 복면가수왕이 조작 논란에 휩싸인다면 신유나가 지금껏 거머쥔 승리도 조작 논란에 휩싸일 수 있었다.

'심지어 지금도 유나는 가왕 바꿔치기라는 말도 되지 않는 논란에 휩싸여 있지······ 게다가 궁지에 몰린 박 피디가 어떤 수작을 벌일지도 알 수 없다······.'

결국 언론플레이로는 얻을 것보다 잃을 것이 많았다.

'조작 자체를 막거나 밝힐 방법은 없다······ 그렇다면 무슨 방법이 있지······ 분명 방법이 있을 텐데······.'

그때 정호의 머릿속을 한 가지 스치고 지나가는 것이 있었다.

'리메이크! 복면가수왕의 장점은 리메이크!'

정호는 서둘러 한유현에게 전화를 걸었다.

"유현 씨, 노래 한 곡을 편곡해 주셔야 할 것 같습니다."

◇ ◆ ◇

복면가수왕의 경연 날이 밝았다.

그날만큼은 이례적으로 다른 모든 밀키웨이 멤버들이 나와서 신유나를 배웅했다.

신유나가 숙소의 문 밖으로 나서기 직전 유미지가 먼저 입을 열었다.

"유나야, 힘내! 멋지게 보여주고 와!"

하수아도 응원의 메시지를 남겼다.

"이따가 고기 파티 있는 거 알지? 열심히 땀 빼고 고기 파티 제대로 하자!"

아직 잠이 덜 깬 듯 반쯤 눈이 감겨 있는 오서연도 한 손을 들어 올리며 신유나를 격려했다.

"소리 질러, 퍼피……."

다른 밀키웨이 멤버들의 응원에 신유나가 피식, 웃었다.

"오늘따라 왜 이렇게 유난들이래. 됐어요. 저 다녀올게요."

신유나가 쿨하게 숙소 밖으로 나섰고 정호는 남은 멤버들에게 속삭였다.

"오늘 고기는 투쁠 한우로 먹자. 내가 쏠게."

이동하는 내내 분위기는 나른했고 편안했다.

어느 때보다도 그랬다.

특히 햇살이 너무 뜨겁지 않다는 게 좋았다.

"날씨가 좋네요."

신유나가 입을 열었고 정호도 차장 밖의 선명한 풍경을
눈에 담으며 대답했다.

"응, 날씨가 무척이나 좋아."

이번 경연의 준비가 시작되기 전, 정호는 신유나에게 상
황을 전부 설명한 상태였다.

처음에 신유나는 정호의 말을 전해 듣고 충격을 받은 눈
치였지만 어렵지 않게 상황을 받아들였다.

신유나도 어느새 세 장의 앨범을 낸 가수였다.

연예계의 웬만한 더러운 꼴은 한두 차례 경험해 봤다는
뜻이었다.

뿐만 아니라 닥친 상황에 자신보다도 분노를 해주는 다
른 멤버들이 있었기에 신유나는 오히려 침착할 수 있었
다.

'오서연이 빈 술병을 들고 박 피디의 뚝배기를 깨버리겠
다고 난리를 쳤을 땐 같이 화를 내던 유미지랑 하수아까지
도 나서서 말려야 했을 정도였지…….'

상념에서 빠져나오며 정호가 차창 밖을 내다보고 있는
신유나에게 물었다.

"기분 어때?"

"좋아요."

정호는 신유나가 어떤 점에서 기분이 좋은지 알 수 있었다.

넌지시 정호가 한마디를 더 물었다.

"팀이 있다는 건 정말 좋지?"

"뭐…… 나쁘지만은 않죠……."

그렇게 말하는 신유나의 입에는 기분 좋은 미소가 걸려 있었다.

◇ ◆ ◇

역시나 신유나의 상대는 만만찮았다.

'악마의소울러…… 윤찬수인가……?'

바이스의 윤찬수는 각종 경연 프로그램에서 뛰어난 성적을 거둔 바 있는 가수였다.

'원래라면 유나가 최선을 다했어도 쉽지 않을 상대 군…….'

아무 말도 하지 않았지만 대기실 화면으로 송출되는 상대가 누군지 신유나도 파악한 눈치였다.

하지만 신유나에게서는 긴장감이 느껴지지 않았다.

신유나는 긴장을 하면 유독 거울을 많이 보는 편이었는데 그런 버릇도 나타나지 않았다.

그렇게 시간이 흘렀고 스태프의 목소리가 들려왔다.

"산소인간포카리, 준비할게요!"

마침내 신유나의 차례가 됐다.

"갔다 와."

정호가 말했고 신유나가 대답 대신 웃으며 고개를 끄덕였다.

어느 때보다도 완벽하게 준비해온 산소인간포카리의 마지막 무대가 그렇게 시작됐다.

정호는 고민 끝에 8연속 가왕의 자리를 깔끔하게 포기했다.

대신 다른 걸 노렸다.

홍대의 작업실에 도착한 정호가 스마트폰을 내밀며 제목 하나를 한유현에게 보여줬다.

"유현 씨, 이 곡을 편곡해 주세요."

"이 노래요? 이 노래로 유나 양이 8연속 가왕의 자리에 오를 수 있겠습니까?"

"오를 생각이 없습니다."

정호의 표정에서 뭔가를 읽었는지 한유현이 미소 띤 얼굴로 대답했다.

"그렇군요. 그렇다면 원하시는 대로 최고의 편곡을 해드리겠습니다."

어차피 가왕의 자리를 지키는 건 더 이상 의미가 없었다.

신유나는 이미 여성 가왕의 신기록을 세운 상태였다.

화제성은 물론 실력까지도 충분히 증명했다고 볼 수 있었다.

'복면가수왕으로 유나가 얻을 수 있는 것은 모두 얻었다…… 이제 유나는 복면가수왕으로 누구도 얻지 못했던 걸 가져간다……!'

리메이크라는 단어가 떠오르는 순간 정호는 과거 신유나가 리메이크 앨범을 냈다는 사실을 떠올릴 수 있었다.

'엄청난 앨범이었지…… 음원 수익도 음원 수익이지만 이 앨범을 통해서 유나는 음악성이 뛰어난 가수의 반열에 오를 수 있었다…….'

그래서 정호는 그 앨범에 있는 노래 중 하나를 골라 이번 기회에 신유나의 음악성을 증명할 생각이었다.

하지만 그게 전부가 아니었다.

'박 피디, 너는 큰 실수를 했다…….'

신유나의 무대가 시작됐다.

신유나는 조덕대의 〈나의 옛 이야기〉를 부르기 시작했다.

◇ ◆ ◇

〈……폭발력이 넘치는 고음이나 격렬히 호소하는 듯한 감성 같은 건 드러나지 않았다. 신유나는 시종일관 독특한 음색으로 자신만의 절제미 넘치는 음악 세계를 보여줬을 뿐이다…….〉

—김우주 칼럼 「복면가수왕은 어째서 신유나를 놓쳤나」 중에서.

7연속 가왕이 끝이었다.

신유나는 결국 윤찬수에게 가왕의 자리를 내주었다.

그때까지만 해도 박 피디가 원하는 대로 상황이 풀리는 것 같았다.

하지만 막상 뚜껑을 열어보니 결과가 완전히 달랐다.

신유나의 〈나의 옛 이야기〉는 엄청난 호평을 이끌어냈다.

단순히 호평 정도가 아니었다.

플럼 음원 차트 1위에 오르더니 도무지 내려올 생각을 하지 않았다.

그러자 사람들은 복면가수왕의 근본적인 시스템에 의문을 품기 시작했다.

[언젠가 이럴 줄 알았다ㅋㅋㅋㅋ 소리만 지르면 1등인 게 솔직히 말이 되냐?ㅋㅋㅋㅋ]

[유나찡…… 우리의 역대급 가수……]

[ㅇㅇ솔직히 복면가수왕은 예전부터 이해가 되질 않았음]

[판정단의 귀를 현혹시키는 복면가수왕은 가라! 무슨 진정한 실력을 겨루는 프로그램이냐!]

[제발 신유나를 다시 데려와라ㅠㅠㅠ]

[ㅋㅋㅋ솔직히 신유나가 제대로 마음먹고 했으면 악마의 소울러 따위는 별것도 아니었음ㅋㅋㅋ]

[근데 왜 신유나는 〈나의 옛 이야기〉를 부른 거지?]

[아…… 이제 복면가수왕 안 봅니다ㅠㅠ 지금까지 신유나 때문에 본 거였는데ㅠㅠㅠ]

[왜긴 왜겠어ㅋㅋㅋ 피디가 이제 그만 내려오라고 시킨 거지ㅋㅋㅋㅋ 옛날에도 그랬잖아ㅋㅋㅋ]

[근데 〈나의 옛 이야기〉 흘러나올 때 지리지 않았냐? 나는 솔직히 개놀랐음ㅋㅋㅋㅋ 이 정도로 음악성이 있다고? ㅋㅋㅋㅋ]

[복면가수왕 피디 개쓰X기ㅎㅎ]

[조작 진짜 지겹다ㅠㅠㅠㅠ 시청자를 바보로 아는 거냐?ㅠㅠㅠㅠㅠ]

[신유나는 진짜 가수더라……]

여론이 들끓었고 언론도 흐름에 동참해 복면가수왕을 비난하기 시작했다.

지금까지 여러 번 제기된 조작에 대한 의문을 가감 없이 표출했다.

특히 그중에서도 김우주라는 사람이 쓴 칼럼이 SNS상에서 반복적으로 인용되며 여론에 불을 지폈다.

다행히 조작에 대한 의문에서 신유나는 완전히 벗어난 상태였다.

탈락자였기 때문에 당연한 일이었다.

그렇게 일은 '신유나 사태'라고 불리며 점점 더 커져만 갔다.

자연스럽게 신유나가 가왕으로 있을 당시만 해도 조금씩 올라가는 추세였던 복면가수왕의 시청률도 조금씩 하락세를 띠기 시작했다.

정 부장이 정호를 향해 물었다.

"너는 이렇게 될 걸 알고 있었던 거지? 유나의 〈나의 옛이야기〉가 음원 차트를 휩쓸고 이런 반응을 이끌어 내리라는 걸 알고 있었지?"

어찌나 궁금했는지 길을 가다가 우연히 만나서 다짜고짜이런 질문부터 하는 정 부장이었다.

그때 정호의 휴대 전화로 전화 한 통화가 걸려왔다.

정호가 대답을 미루고 전화부터 받았다.

"네? 뮤지컬이요? 미지를 캐스팅하고 싶으시다고요?"

그대로 정호는 전화를 받으며 어디론가 걸어갔고 정 부장은 정호의 등 뒤에 대고 소리쳤다.

"야! 그리고 김우주라는 사람 밀키웨이 공식 팬클럽 유니버스 간부 맞지? 야! 야!"

대한민국은 어느새 '신유나앓이'를 하고 있었다.

신유나의 솔로 앨범 발매가 한 달 남은 시점의 일이었다.

매니지먼트

제왕

먼트

23장. 리더의 고민

밀키웨이의 숙소는 오랜만에 평화를 되찾았다.

특히 신유나가 더 이상 복면가수왕의 경연 준비를 하지 않아도 되면서 숙소는 예전의 편안한 분위기로 돌아갔다.

신유나는 방 안에 틀어박혀 노래를 들으며 뭔가를 끄적거렸고, 하수아는 거실 소파에 누워 예능 프로그램을 보며 낄낄거렸으며, 오서연은 소파 밑에 앉아 도수가 낮은 술을 가볍게 홀짝이며 진짜 "낄낄낄." 하고 웃었다.

그리고 그 옆에 앉아서 같이 웃다가 "아유~ 서연아, 술 좀 그만 마셔." 하고 잔소리를 해야 할 유미지가…… 없었다.

하수아가 그 사실을 뒤늦게 깨닫고 오서연에게 물었다.

"어? 서연 언니, 미지 언니는 어디 갔어요? 연기 레슨?"

오서연이 병나발을 불다가 술병이 비었는지 병을 거꾸로 들고 흔들며 대답했다.

"아니, 방에."

"방이요? 왜지? 자나? 오늘 연습이 피곤했나?"

"고민이 있대."

오서연의 대답을 듣고 하수아가 소파에서 벌떡 몸을 일으켰다.

"고민이요?"

"응. 고민 때문에 머리가 아프대."

하수아는 고개를 갸웃거렸다.

유미지가 이렇게까지 고민에 빠져 있던 적은 처음이었다.

"뭐지? 무슨 고민이지? 이럴 게 아니야. 들어가서 물어봐야겠다. 고민이 있을 때 나눠야 진정한 팀이지."

하수아는 결국 자리를 박차고 일어났다.

물론 그 모습은 고민을 나누기 위해서가 아니라 궁금증 때문인 것처럼 보였다.

하수아가 유미지의 방으로 들어가려고 하자 오서연이 다급하게 하수아를 불렀다.

"수아야."

"말리지 마요, 서연 언니. 고민이 있을 때 나누는 게 진짜 팀이라니까요. 절대 내가 궁금해서 그러는 게 아니에요."

"수아야."

"진짜 궁금한 게 아니라니까요."

그러다가 하수아는 문득 뭔가 이상하다는 생각이 들었는지 멈춰 서서 뒤를 돌아봤다.

오서연이 술병을 흔들며 말했다.

"나올 때 술 좀 더 가져다줘. 미지한테 압수당한 술, 그 방에 있어."

하수아는 "그러면 그렇지." 하고 작게 중얼거리며 고개를 끄덕였다.

똑똑.

"미지 언니, 나 들어가요."

대답이 없었지만 대답을 바란 건 아니었기 때문에 하수아는 문을 열고 방 안으로 들어갔다.

방은 불이 꺼져 있었다.

'뭐야, 왜 이렇게 껌껌해. 아무도 없나…… 혹시 이거 서연 언니가 술 가져오게 하려고 뻥친 거 아니야?'

하수아는 그렇게 생각하면서 불을 켰다.

불을 켜자 의외의 광경이 눈에 들어왔다.

책상 앞에 앉아서 머리를 쥐어뜯으며 고민을 하고 있는 유미지가 거기에 있었다.

"미지 언니……."

그제야 뒤늦게 하수아의 목소리를 들었는지 유미지가 고개를 들어 하수아를 쳐다봤다.

"응, 수아니? 무슨 일이야?"

하수아는 유미지의 퀭한 눈을 보고 당황해서 순간 말문이 막혔다.

그러다가 이내 정신을 차리고 당황하며 대답했다.

"아니, 서연 언니가 술을 가져오라고 해서……."

아차, 싶었다.

오히려 잔소리를 하면 잔소리를 했지 오서연이 술을 달란다고 유미지가 술을 줄 리가 없었다.

'아이고~ 멍청아~'

하수아가 그렇게 스스로의 행동을 자책하고 있을 때 예상치 못한 일이 벌어졌다.

유미지가 자리에서 일어나 옷장을 뒤적이기 시작하더니 옷장 안쪽에서 양주 한 병을 꺼낸 것이었다.

"자, 가져가."

하수아는 엉겁결에 유미지가 건넨 양주를 받았다.

"언니, 진짜 무슨 일…… 엑? 55도? 이런 술이 우리 숙소에 있다고?"

하수아의 외침을 들었는지 거실에 있던 오서연이 불쑥 방 안으로 들어왔다.

그러고는 하수아가 들고 있는 양주를 빼앗듯이 받아들며 어울리지 않는 경악에 찬 목소리로 말했다.

"이, 이런 명품이 이곳에 잠들어 있었다니…… 이것이 용이 된 이무기의 진정한 모습인 건가……."

매니지먼트의 제왕 2

오서연의 아무 말에 유미지가 건조한 웃음을 지으며 대답했다.

"예전에 아빠가 데뷔 기념으로 사주신 거야. 고민이 있을 때 먹으라고. 오늘 그거 까자."

그건 이 밀키웨이의 리더이자 숙소의 지기인 유미지의 뜻밖에 선언이었다.

그날 밤, 밀키웨이의 숙소에서는 때 아닌 술 파티가 벌어졌다.

◇ ◆ ◇

밀키웨이 멤버들 중 어느 누구도 연습실에 나오질 않는다는 얘기를 전해 듣고 정호가 출동했다.

그리고 자신의 눈앞에 펼쳐진 숙소의 풍경을 보며 놀랐다.

"이게 뭐야⋯⋯?"

이런 난장판이 또 없을 정도로 숙소가 개판이었다.

거실에는 빈 술병이 여기저기 흩어져 있었고 안주로 추정되는 과자들이 곳곳에 널브러져 있었으며 밀키웨이 멤버들이 시체처럼 쓰러져 자고 있었다.

정호는 가장 가까운 곳에 몸을 웅크리며 누워 있는 신유나의 어깨를 흔들었다.

"유나야, 유나야."

"우웅…… 하지 마요…… 토할 것 같아요……."

신유나의 목소리를 들으며 정호는 이마를 부여잡았다.

두 시간 후.

깨끗이 정리된 거실에 밀키웨이 멤버들이 무릎을 꿇고 나란히 앉아 있었다.

멤버들 앞에 팔짱을 끼고 서 있던 정호가 무겁게 닫혀 있던 입을 열었다.

"이게 어떻게 된 일인지 설명해봐."

설명을 요구했지만 네 사람 모두 대답이 없었다.

정호가 다그쳤다.

"얼른!"

그러자 하수아가 나서서 기어들어 가는 듯한 목소리로 자초지종을 설명하기 시작했다.

"그게…… 처음부터 이렇게 하려던 게 아니라요…… 평소처럼 연습을 끝내고 숙소에서 쉬고 있는데……."

자초지종을 모두 들은 정호는 이전보다 풀어진 얼굴로 멤버들을 내려다봤다.

멤버들은 여전히 벌을 받는 것 같은 태도를 취하고 있었다.

물론 정호가 시킨 일이 아니었다.

혼자 거실 청소를 하고 있는 정호를 본 멤버들이 자진해서 하나둘 깨어나 무릎을 꿇은 것이었다.

잘못도 저질러 본 사람이 저지르는 법이었다.

신인 때도 이런 실수를 저지른 적이 없는 밀키웨이 멤버들은 지금의 상황에 큰 죄책감을 느끼고 있었다.

정호는 어째서 이런 상황이 벌어졌는지 예상이 갔기 때문에 더 이상 멤버들을 다그치지 않기로 했다.

"다들 일어나서 해장부터 해. 해장국은 이 앞에 있는……."

말을 잇던 정호는 오서연과 눈을 마주쳤다.

정호가 뭔가를 느끼고 말을 바꿨다.

"……서연이가 책임지고 해장국을 먹여서 애들 속부터 풀어주도록 해."

"네."

오서연의 대답을 듣고 정호는 유미지를 내려다봤다.

"미지는 날 따라오고."

정호가 유미지와 숙소 밖을 그렇게 나섰다.

쿵, 하고 닫힌 숙소 현관문을 보며 하수아가 걱정스러운 어투로 신유나에게 물었다.

"리더가 이런 짓을 벌였다고 막 혼나거나 그러진 않겠지?"

"설마…… 과장님이 그러겠어요……."

신유나는 대답하면서도 확신이 없는 듯했다.

이런 일이 벌어진 건 이번이 처음이었으니깐.

다시 분위기가 가라앉으려고 하자 하수아는 애써 상념에서 벗어나려는 듯 소리쳤다.

"됐다! 해장국이나 먹자! 속 쓰려 죽겠어, 진짜. 해장국 어디 거 시키면 돼요, 언니?"

오서연의 입이 바로 열었다.

"배 씨네 해장국."

◇ ◆ ◇

멤버들의 우려와는 달리 정호는 유미지를 혼낼 생각이 없었다.

정호와 유미지는 근처에 있는 고즈넉한 분위기의 한정식 집에서 밥을 먹었다.

따로 방이 있는 고급 음식점이었다.

정호는 갈치조림 정식을 먹었고 유미지는 북엇국 정식을 먹었다.

그렇게 말없이 어느 정도 식사가 이어졌을 때쯤 정호가 불쑥 물었다.

"고민 좀 해봤니?"

북엇국을 먹던 유미지의 숟가락 잠깐 멈칫했지만 다시 유미지는 대답 없이 숟가락을 움직여 국을 마셨다.

정호는 그런 유미지에게 말했다.

"네가 어떤 고민을 하고 있는지 알아. 분명 무섭겠지. 하지만 나는 네가 잘해낼 수 있을 거라고 생각해. 지금까지 아무도 되지 않을 거라고 말해왔던 일을 척척 잘해온 밀키웨이였고 너였잖아. 분명 잘할 수 있어. 분명 잘할 수 있……."

유미지가 달칵, 숟가락을 내려놓고 말했다.

"과장님."

정호가 대답했다.

"응, 미지야."

"저 못 하겠어요."

"응?"

"저 뮤지컬 출연 못 하겠어요. 정말 죄송합니다."

유미지가 고개 숙여 정호에게 사과를 했다.

사건의 시작은 다시 며칠 전으로 거슬러 올라가야 했다.

정 부장과 우연히 복도에서 마주친 정호는 얘기를 나누다가 한 통의 전화를 받았다.

정호가 "여보세요." 하고 전화를 받자 전화기 너머로 어느 남자의 목소리가 들려왔다.

"안녕하세요, 과장님. 처음 뵙겠습니다. 뮤지컬 연출가 정지명이라고 합니다."

정호는 목소리의 상대가 누군지 깨닫고 다급히 인사했다.

"아! 안녕하세요, 정 감독님! 갑자기 이렇게 전화를 받게 돼서 놀랐습니다. 지금까지 명성만 들어왔는데 이렇게 통화를 하게 되니 영광이네요. 정말 말씀 많이 들었습니다."

아닌 게 아니라 정호는 정말 전화를 받고 많이 놀랐다.

뮤지컬 연출가에게 직접 전화가 왔다는 사실도 의외였지만 정호에게 전화를 건 상대는 보통의 뮤지컬 연출가가 아니었다.

대형 뮤지컬을 수십 개나 성공시킨 뮤지컬계의 박차욱으로 불리는 연출가 정지명이었다.

하지만 더욱 충격적인 소식이 정호를 기다리고 있었다.

정 감독은 간단한 오디션 후에 직접 유미지를 캐스팅하고 싶다는 의사를 밝혔다.

"네? 뮤지컬이요? 미지를 캐스팅하고 싶으시다고요?"

"그렇습니다. 부탁 좀 드릴 수 있을까요?"

부탁할 것도 없이 무조건 오케이였다.

정 감독이 연출하는 뮤지컬이라면 두 번 생각할 것도 없었다.

'특히 미지에게는 완벽한 기회다!'

정호는 밀키웨이 멤버들의 미래를 차근차근 준비하고 있었다.

언젠가 밀키웨이라는 걸 그룹이 사라지더라도 멤버들이 연예계에서 각자의 개성을 가지고 빛날 수 있도록 하는 것이 정호의 목표였다.

그중에서도 유미지는 연기 쪽으로 생각하고 있었다.

이전에 〈내 사랑 티라미수〉에서 해민주 역을 맡아 혹평을 받았던 유미지였지만 연기 쪽에 소질이 전혀 없는 것은 아니었다.

예전에는 정호도 유미지가 연기 쪽에는 도무지 소질이 없다고 생각했지만 오히려 반대였다.

유미지는 완벽히 몰입했을 때 강여운만큼이나 뛰어난 연기력을 보여주는 좋은 배우였다.

지금껏 잔걱정이 워낙 많아 몰입이 힘들었을 뿐이었다.

'게다가 열정도 엄청나다. 해민주 역을 맡으며 받았던 비난이 뼈아픈 것인지 네 사람 중 누구보다도 열심히 연기 레슨을 받았어. 그리고 네 사람 중에서 유일하게 지금까지 연기 레슨을 받고 있는 멤버이기도 하고.'

청월은 소속 연예인이 다양한 재능을 꽃피울 수 있도록 연습생 시절에는 여러 분야의 레슨 기회를 주는 편이었다.

데뷔 전의 밀키웨이 멤버들은 한 달에 두 번 정도 간단한 연기 레슨을 받았는데 거기서 가장 열정적이었던 사람은 단연 유미지였다.

유미지는 밀키웨이의 본격적인 활동이 시작되고 나서도 지금까지 꾸준히 연기 레슨을 받고 있었고 최근에 이르러서는 정호의 권유를 받아 본격적인 레슨을 1년째 받고 있었다.

'미지한테 부족한 것은 자신감이었는데 이번 기회에 자신감이 생길 수 있다면 더 좋겠지.'

정호는 기회를 붙잡기 위해 정 감독에게 대답했다.

"정 감독님의 요청이라면 거절할 수 없지요. 스케줄을

조정해서 며칠 내로 찾아뵙겠습니다."

여기까지는 아무 문제도 없었다.

다만 정호가 예측하지 못한 부분이 있었다.

유미지의 연기에 대한 부담감은 정호가 생각한 것보다도 더 크다는 사실이었다.

유미지에게 연기란 이미 끊어져 버린 아킬레스건이나 다름이 없었다.

유미지만큼은 그렇게 생각하고 있었다.

24장. 진정으로 원하는 것

정호는 고개 숙여 사과를 하는 유미지를 보며 생각했다.

'뭐가 잘못된 거지? 어디서부터 잘못됐기에 얘가 이런 반응인 거지?'

정호로서는 이해하기가 힘든 상황이었다.

지금껏 정호는 유미지가 연기를 하고 싶어 한다고 생각했다.

계속 보아온 유미지의 행보는 연기를 원하고 있었다.

정호의 입장에서는 그렇게밖에 생각할 수 없었다.

'그런데 이런 반응이라고?'

도무지 이해할 수 없었다.

그래서 정호는 유미지에게 되물을 수밖에 없었다.

"어째서?"

정호의 반문을 예상하고 있었던 것처럼 유미지는 침착하게 대답했다.

"자신이 없어요."

"고작 그런 이유로……."

"그리고 밀키웨이 멤버들을 저 때문에 부끄럽게 하고 싶지 않아요."

정호가 입을 다물고 생각을 가다듬었다.

현재의 상황을 유미지의 입장에서 이해하기 위해 최선을 다했다.

그러자 정호는 유미지가 무슨 말을 하는지 알 수 있었다.

"성공할 자신도 없고, 실패했을 때의 부담감이 너무 크다? 실패를 했을 때 그 부담감을 팀이 나눠가져야 하니깐?"

유미지가 고개를 끄덕였다.

고개를 끄덕이는 유미지를 보면서 정호가 생각했다.

'캐스팅 애길 꺼내는 타이밍이 잘못된 건가? 시간을 돌려볼까? 시간을 돌리면 좋은 타이밍에 말을 꺼내 미지를 설득할 수 있을까?'

하지만 정호는 모든 상념을 지웠다.

정호도 알고 있었다.

그렇게 유미지를 설득하는 것은 유미지에게 아무런 도움도 되지 않았다는 사실을.

긴장한 채 정호의 말을 기다리고 있는 유미지를 향해 정호가 입을 열었다.

"내가 널 처음 데려왔을 때 했던 말 기억하니?"

유미지가 고개를 끄덕인 뒤 말했다.

"제가 원하는 건 뛰어난 가창력을 가지거나 뛰어난 춤 실력을 가진 유미지 씨가 아니에요. 뛰어난 리더십으로 팀을 이끌어줄 사람입니다. 유미지 씨, 제 팀을 이끌어주시겠어요?"

"토씨 하나 틀리지 않고 기억하고 있구나."

"당연하죠. 제 인생을 통째로 바꿔놓은 가장 중요한 말들이었는걸요……."

"그리고 그게 너를 이렇게 만들었구나."

"네?"

의아해하는 유미지를 향해 정호가 대답했다.

"분명 내가 원하던 건 밀키웨이를 이끌어줄 리더였어. 하지만……."

정호는 유미지의 눈을 쳐다보며 말을 이어 나갔다.

"내 팀을 이끌어줄 리더가 자신이 리더이기 전에 사람이라는 사실까지 잊길 바랐던 건 아니었지."

유미지의 눈동자가 흔들렸다.

정호에게 유미지의 동요가 전해졌지만 정호는 위로하기 위해 애써 노력하지 않았다.

대신 이렇게 말했다.

"너의 선택을 존중해. 그리고 너의 선택이 오롯이 너만을 위한 것이었기를 바랄게."

　정호는 유미지의 문제는 잊고 다른 문제에 집중하기로
했다.

　생각하고 판단을 내려야 할 문제는 차고 넘쳐났다.

　먼저 신유나의 솔로 앨범에 들어갈 곡들을 정리했다.

　이전의 시간에서 한유현은 제미제라 뮤직의 전속 작곡가
나 다름없었기 때문에 신유나의 솔로 앨범 작업에 일절 관
여한 적이 없었다.

　다시 말하자면 한유현이 작곡한 신유나의 히트곡은 아예
없었다는 뜻이었다.

　그래서 대부분의 작업은 정호가 멜로디를 읊으면 한유현
이 그걸 곡으로 만드는 식으로 이뤄졌다.

　하지만 아무 멜로디나 불러 곡을 만들 수 있는 상황이 아
니었다.

　어느새 시간이 흐르면서 신유나의 예전 히트곡들이 이미
다른 작곡가의 손에 만들어져 저작권이 이미 획득한 경우
도 더러 있었기 때문이었다.

　'어쩔 수 없지…… 구입하자.'

　정호는 그런 곡들을 선점하기 위해서 발 빠르게 움직였
다.

　'당장 신유나의 이번 솔로 앨범에 넣지 못하더라도 미리

가지고 있어서 나쁠 것이 하나 없는 전부 좋은 곡들이다.'

대부분의 곡들이 작곡가의 입장에선 썩히고 있던 곡이라 구매를 하는 것은 어렵지 않았다.

다만 어떤 곡의 경우는 이미 다른 소속사에서 사갔거나 다른 가수의 목소리를 통해 벌써 발매가 되었기 때문에 구매 자체를 할 수가 없는 경우도 있었다.

'하지만 문제는 없다. 우리에게는 좋은 작곡가가 있으니 깐.'

어차피 앨범에 부족한 부분이 있다면 한유현의 곡들로 채우면 됐다.

정호의 도움 없이 만들어진 한유현의 곡들도 당장 신유 나의 솔로 앨범 타이틀곡으로 써도 손색이 없을 정도였다.

다만 겪어보지 못한 성공이라 정호의 입장에서 약간 불안할 뿐이었다.

'어쨌든 곡이 모이고 있군…….'

타이틀곡은 이미 정해진 상태였고 신유나는 오래전부터 타이틀곡으로 연습을 하고 있었다.

이제 정해야 할 것은 타이틀곡을 제외한 이번 솔로 앨범에 들어갈 다른 곡들이었다.

그다음으로 정호는 황성우의 활동을 주시했다.

워너비원으로 황성우는 확실히 좋은 활약을 보여주고 있었다.

특히 워너비원의 활동이 시작되면서 강대니얼 못지않은 인기를 구가했다.

'확실히 물건은 물건이야. 이렇게까지 클지 몰랐어.'

정호로서도 예상하지 못한 반응이었다.

'아이돌 그룹 시장은 걸 그룹 시장보다 보이 그룹 시장이 더 크다. 워너비원의 활동이 끝나면 황성우를 중심으로 팀을 하나 결성해야겠어.'

단순히 정호 혼자 준비하고 있는 일이 아니었다.

정 부장은 3팀의 중요 프로젝트 차원에서 이 문제를 진지하게 고려하고 있었다.

조만간 코끼리팩토리의 이대희가 회사에 입사할 가능성이 높은 상태였기 때문에 더욱 가능성이 높아진 상태였다.

'정 부장님이 열정적으로 움직이고 계시니깐 좋은 소식이 있겠지.'

정호도 틈틈이 정 부장을 도왔고 몇몇 인원들의 캐스팅에는 실제로 관여했다.

'문제는 황태준을 대신할 녀석이 필요하다는 건데……'

생각보다 사내의 굵직한 사건이 빨리 진행되고 있는 만큼 황태준이 청월을 나가서 자기 사업을 할 날도 머지않았다고 할 수 있었다.

'원래는 황태준이 나가기 전까지 최대한 부려먹을 생각이었는데…… 계획에 차질이 생겼군.'

그렇다고 정호가 새로 만들어질 보이 그룹을 케어하는

건 현실적으로 불가능했다.

'어쩔 수 없지…… 새로 사람을 뽑아서 맡기는 수밖에……'

정호는 윗선에 새로운 인력 보충을 적극적으로 건의하기로 마음을 먹었다.

곽 전무가 그 정도의 도움은 줄 수 있을 것이 분명했다.

시간은 차근차근 잘 흘러갔다.

어느새 정 감독에게 정중히 캐스팅 거절의 의사를 밝혀야 할 날도 얼마 남지 않게 됐다.

밀키웨이의 숙소.

오서연과 신유나가 같이 쓰는 방에 유미지를 제외한 밀키웨이 멤버들이 모여 있었다.

하수아는 꽤나 비장한 표정을 짓고 있었고 신유나는 귀찮게 이게 무슨 일이람, 하는 생각이 읽히는 표정이었으며 오서연은 아무래도 상관없다는 표정을 하고 있었다.

다른 멤버들을 불러 모은 하수아가 먼저 입을 열었다.

"아무래도 그날 미지 언니가 진짜 못 하겠다고 한 거 같아요."

그러자 다소 시큰둥했던 다른 멤버들도 반응을 보였다.

신유나의 표정부터 바뀌었다.

신유나가 살짝 놀란 어투로 물었다.

"그게 정말이에요?"

"응, 확실해. 미지 언니는 아무렇지도 않은 척을 하고 있지만 내 눈에는 그게 전부 보이지. 후후후."

이번에는 오서연이 놀라며 물었다.

"그게 정말 보여?"

"그, 그럼요. 저 못 믿는 거예요?"

"아니, 믿어. 그럼 나한테는 뭐가 보이는데?"

"예?"

하수아가 오서연의 4차원 페이스에 말리는 동안 신유나가 동의했다.

"확실히 미지 언니가 최근 조금 이상해 보였어요······ 연기 레슨도 잘 안 받고······ 진짜 포기한 건가······?"

"그치, 그치? 거 봐, 내 말이 맞다니깐. 분명해. 그날 언니가 술 취해서 한 말은 진심이었어."

신유나는 처음 얘기라는 듯 하수아를 향해 질문했다.

"그날 미지 언니가 무슨 얘길 했는데요?"

"뭐?"

하수아가 반문하며 오서연의 표정을 살폈다.

오서연도 그날 무슨 일이 있었는지 도무지 모르겠다는 표정이었다.

"이런, 이런······ 어쩐지 너무나 다들 미지 언니한테 별

관심이 없다고 생각했더니 그날 진짜 꽐라가 되신 거였군…… 쯧쯧……."

하수아가 과장된 제스처를 취하며 혀를 차자 신유나가 퍽 자존심이 상한 표정으로 보챘다.

"됐고요. 뭔데? 무슨 얘기였는데요?"

"무슨 얘기였냐면……."

사실 그날 유미지는 술에 취해서 자신의 고민을 털어놨다.

연기에 자신감이 없다는 사실부터 밀키웨이 멤버들에게 피해를 끼칠까봐 걱정이 된다는 진심까지 빠짐없이 얘기를 한 것이었다.

하수아에게 얘길 전해 듣고 신유나가 쏘아붙였다.

"뭐야? 그걸 알고도 그럼 지금까지 미지 언니를 그대로 놔둔 거예요?"

"놔두긴 누가 놔뒀다고 그래! 지금 이렇게 사람을 불러 모은 게 누군지 몰라?"

"몰라, 그나저나 나한테는 뭐가 보이는데?"

리더인 유미지가 없어서 그런지 얘기가 자꾸 방향을 잃고 이리저리 샛길로 빠졌다.

결국 한참을 떠들고 나서 지칠 때쯤이 되어서야 오서연이 물었다.

물론 오서연은 얘기를 자꾸 샛길로 빠지게 한 주범이었다.

"그래서 어떻게 할 건데?"

◇ ◆ ◇

아버지의 생신이라 부모님과 저녁 식사를 하고 돌아온 유미지가 밤늦게 밀키웨이의 불 꺼진 숙소로 들어섰다.

'다들 자는 모양이네……'

평소보다 이른 시간이었지만 여태까지 이런 일이 없지는 않았기 때문에 유미지는 별생각 없이 멤버들을 주려고 사 온 와인을 거실 한쪽에 내려놓고 방으로 들어갔다.

그런 뒤 조심스럽게 갈아입을 옷을 들고 나왔다.

샤워를 할 생각이었다.

잠시 후, 물소리와 함께 유미지의 입에서는 습관적으로 휴~ 하는 한숨이 새어 나왔다.

'잘한 일일까?'

문득 이런 생각이 들었기 때문에 어쩔 수 없었다.

아무리 잊으려고 해도 그때의 일이 떠오르는 건 도저히 막기가 힘들었다.

'그때 내가 한 선택이 진짜 나를 위한 선택이었을까……?'

이어서 이런 생각도 들었다.

사실 유미지는 최근 계속 이런 생각 때문에 제대로 생활을 이어 나가지 못하고 있었다.

오늘 같이 식사를 했던 부모님마저도 유미지의 안색을 걱정했다.

유미지는 머리를 흔들어 상념을 지웠다.

매니지
먼트의
제왕 2

'잊자…… 고민해 봐야 이미 늦었어…… 다른 사람들에게 걱정을 끼치는 것도 지겹고…….'

유미지는 그렇게 샤워를 마치고 나왔다.

'일찍 자자. 잠들면 아무것도 고민할 필요 없으니깐.'

옷을 입고 이불 안으로 들어가 누우려는데 문득 침대의 어딘가에서 부스럭, 소리가 났다.

'뭐지?'

베개 옆에 뭔가가 있었다.

유미지는 정체를 파악하기 위해 부스럭, 소리를 낸 물건을 손에 쥐었다.

물건의 정체는 편지였다.

'편지? 웬 편지?'

유미지는 궁금증을 참지 못하고 편지를 들고 다시 거실로 나왔다.

같이 방을 쓰는 오서연이 자고 있었기 때문에 방에서는 편지를 읽어볼 수가 없었다.

거실로 나온 유미지가 분홍색 편지 봉투를 열었다.

거기에는 멤버들의 마음이 들어 있었다.

정호는 사무실 한편에 앉아 휴대 전화를 만지작거리고 있었다.

이제 정말 정 감독에게 전화를 걸어야 할 때였다.

 차일피일 어떻게든 결정을 미루고 있었지만 더 이상 결정을 미루는 건 예의가 아니었다.

 '그래…… 어쩔 수 없지…….'

 그런 생각을 하며 정호가 전화를 걸려고 하는데 전화가 걸려왔다.

 유미지였다.

 "과장님, 지금 통화 가능하세요?"

 "응. 괜찮아, 미지야. 무슨 일이야?"

 "저번에 말씀해 주셨던 뮤지컬 캐스팅 건 말인데요……."

 "응?"

 "그거…… 늦지 않았으면 제가 해도 될까요?"

25장. 예측할 수 없는 미래

며칠 후.

서울 소재의 개인 연습실.

유미지는 정 감독에게 뮤지컬 오디션을 봤다.

다행히 정 감독은 아직 정호의 답변을 기다리고 있었다.

"배우 쪽에서 쉽게 결정을 내리지 못할 것 같았습니다.
제가 이런 쪽으로는 감이 좋거든요."

답변이 늦어져서 미안하다는 말을 듣고 정 감독은 이렇
게 대꾸했다.

정호는 내심 정 감독에게 고마웠다.

'사려가 깊은 사람이로군……. 늦게 연락한 내가 마음이
불편하지 않게 이렇게 대답을 해주는 걸 보면…….'

하지만 정호는 이런 생각이 자신의 착각이었다는 걸 정 감독을 만나본 후 알 수 있었다.

'이걸 뭐라고 해야 할까……'

정 감독의 오디션 스타일은 다른 오디션과는 뭔가 달랐다.

어딘지 이상한 구석이 있었다.

유미지에게 가장 자신 있는 노래를 시킨 후 노래를 다 들어본 정 감독이 말했다.

"건강 상태가 무척이나 좋군요. 예민해서 스트레스를 많이 받는 편인데 최근에 많이 좋아졌어요. 원래 스트레스를 받으면 손이 막 떨리고 그랬죠? 수전증처럼?"

노래에 대한 감상으로는 썩 적절하지 못한 말들이었다.

하지만 놀라운 점은 이 말들이 전부 노래 외적인 부분에서 들어맞는다는 사실이었다.

유미지가 눈을 동그랗게 뜨며 되물었다.

"네? 어떻게 아셨어요?"

정 감독의 기행은 겨우 여기서 끝나지 않았다.

정 감독은 열심히 준비한 연기를 펼치고 있던 유미지에게 갑자기 멈추라고 했다.

"그만하고 혀를 내밀어 보세요. 더, 더, 더, 더, 됐습니다. 자신감이 조금 없는 편이죠? 연기에 대한 부담감이 있고요?"

"그게 혀를 보면 보이나요?"

"그냥 미지 양을 보면 보입니다. 혀는 참고용일 뿐이고요."

정호는 난생 처음 목격한 기상천외한 오디션 과정을 보며 절레절레 고개를 저었다.

'천재들은 하나같이 기인이라더니……. 그 말이 사실인 모양이야…….'

고개를 절레절레 젓고 있는 정호를 발견한 정 감독은 정호에게도 말했다.

"오 과장님은 평소에 생각이 많은 편이군요. 그래도 그 고민들이 전부 쓸데없는 고민이 아니라서 다행입니다. 대부분이 먼 미래를 위해 그리는 큰 그림이군요."

"네? 그걸 어떻게……?"

"알 수밖에 없죠. 고개를 젓는 무브먼트가 아주 역동적이잖아요."

정호는 당장이라도 튀어나올 것 같은 한숨을 간신히 삼켰다.

'오디션이 아니라 사람이 이상한 거 맞지……?'

더 이상의 과정은 생략하고 결과만 말한다면 유미지의 오디션 결과는 무척이나 좋았다.

정 감독은 당장 다음 주부터 유미지가 이번 뮤지컬 연습에 합류했으면 좋겠다는 의사를 표했다.

물론 이번에도 자기만의 방식으로.

"미지 양, 다음 주에 시간 있요? 혀 바닥이 누구보다도 두껍고 열정적인 사람들이 뮤지컬을 준비하고 있는데 미지

양이 꼭 필요하거든요."

정호는 잠깐 이런 사람에게 미지를 맡겨도 되는지 고민했지만 정 감독의 명성을 믿어 보기로 했다.

'오히려 이런 게 새롭고…… 미지의 자신감에 도움을 줄지도 몰라……'

자신에게 최면을 걸 듯 최대한 긍정적인 쪽으로 생각하면서.

◇ ◆ ◇

유미지가 정 감독의 뮤지컬에 성공적으로 합류했지만 신유나의 솔로 앨범 준비는 난항을 겪고 있었다.

다른 건 완벽하게 준비가 됐지만 앨범에 들어갈 곡을 정하는 게 쉽지 않았다.

너무 좋은 곡이 많아서 고를 수가 없었다.

앨범 발매일이 얼마 남지 않았기 때문에 몇 곡을 어렵게 정하고 녹음을 했지만 남은 몇 곡이 여전히 속을 썩였다.

"평범하게 갈까요?"

이틀간 잠도 제대로 못 자며 고민했는데도 결론이 나지 않자 한유현이 은근슬쩍 물었다.

앨범 콘셉트에 맞춰서 비슷한 분위기를 내는 곡을 고르자는 뜻이었다.

하지만 정호는 선뜻 그러자고 대답을 하지 못했다.

그렇게 하자니 왠지 아쉬운 마음이 들었다.

다시 이틀이 지났다.

그동안에도 정호와 한유현은 쪽잠을 자며 곡을 고르는 데 열중했다.

퀭한 눈을 한 채 커피를 마시며 고민하던 정호가 무미건조한 말투로 의견을 제시했다.

"그냥 유나한테 가진 곡을 전부 들려주고 직접 고르라고 하는 건 어떨까요?"

얼이 빠진 채 머릿속을 굴러다니는 음들을 쫓던 한유현이 동의했다.

"좋습니다……."

타이틀곡 연습을 하다가 홍대의 작업실로 소환된 신유나는 신중하게 곡을 들었다.

신유나가 마지막 곡을 듣고 나자 정호가 물었다.

"어때?"

신유나가 인형 같은 얼굴로 고개를 끄덕이며 대답했다.

"좋은데요."

"어떤 곡이 끌려?"

"그냥 다 좋아요."

답답했는지 옆에 가만히 앉아 있던 한유현이 끼어들었다.

"유나 양, 막 그런 거 있잖아요. 특별히 더 끌려서 이번 앨범에는 반드시 싣고 싶은 그런 느낌."

한유현의 얘길 듣고 곰곰이 생각하던 신유나가 입을 열었다.

"없어요."

"응?"

"없다고요, 그런 느낌. 그냥 다 좋아요. 다 좋은 노래 같아요."

어느 때보다도 환한 미소를 지으며 말하는 신유나였지만 왠지 그런 신유나가 얄밉게 느껴지는 정호와 한유현이었다.

다시 이틀 후 한유현이 의견을 냈다.

"유나 양의 가장 큰 장점은 넓은 스펙트럼입니다. 다양한 음악을 소화할 수 있는 국내 유일의 여가수나 다름이 없죠."

정호가 고개를 끄덕여 동의했다.

"그렇죠."

"그럼 이렇게 하는 게 어떨까요? 먼저 모든 곡의 제목을 이렇게 쭉 나열하고……."

"나열하고?"

"과장님이 두 곡, 제가 두 곡. 눈 감고 뽑죠."

한유현의 눈빛과 정호의 눈빛이 허공에서 부딪혔다.

정호가 패배를 선언했다.

"휴~ 좋습니다."

다른 대안은 없었다.

정호는 한유현의 의견을 따르기로 했다.

깐깐한 정호로서도 어떤 곡이 더 나은지 도저히 판가름할 수가 없었다.

그렇게 마지막 네 곡이 결정됐고 며칠 안에 녹음부터 믹싱까지 모든 작업이 끝났다.

이제 앨범 발매만이 남았다.

◇ ◆ ◇

신유나의 음원이 선공개 되는 날.

정호가 긴장을 한 채 휴게실 한쪽에 앉아 있었다.

한 시간 후면 플럼의 음원 차트 순위가 발표됐다.

그렇게 긴장을 하고 있는데 익숙한 목소리가 들려왔다.

"오! 정호야, 여기 있었구나."

정 부장이었다.

정호가 시큰둥하게 대꾸했다.

"찾으셨어요?"

"그래, 한참 찾았지. 오늘 유나 음원 공개 맞지? 걱정 마, 무조건 1등이야. 내가 보니깐 무조건 1등으로 진입이야."

그 순간 정호가 보고 있던 스마트폰 화면에는 새로운 음원 차트 순위가 떴다.

유나의 신곡 〈눈부신 날〉의 순위는 2위였다.

정호가 말없이 정 부장을 올려다봤다.

"어라…… 이럴 리가 없는데…… 느낌이 딱 1등 느낌이
었는데……."

음원 차트 1위로 진입하진 못했지만 2위만으로도 대단한
것이었다.

그건 몇 시간 내로 1위로 올라설 가능성이 높다는 뜻이
었다.

뿐만 아니라 음원 차트 1위는 어차피 신유나의 〈나의 옛
이야기〉였다.

〈나의 옛 이야기〉는 잠깐 다른 가수의 신곡 발표로 한두
주 5위권 밖으로 밀려난 경우도 있었지만 꾸역꾸역 다시
올라와 1위 자리를 지켜내고 있었다.

그만큼 〈나의 옛 이야기〉는 파급력이 대단했다.

특히 최근에는 신유나의 신곡 발표에 대한 기사가 하나
둘 터지면서 〈나의 옛 이야기〉가 다시 이슈 몰이를 했고 그
것이 순위 유지에 도움을 줬다.

'확실히 생각보다 〈나의 옛 이야기〉의 반응이 좋군…….
하지만 곧 〈눈부신 날〉이 1위 자리에 오를 것이다……. 근
데 이거 기뻐해야 할 일인가……?'

어쨌든 정호의 생각대로 다음 차트 순위 갱신에서 신유
나의 〈눈부신 날〉은 1위 자리를 차지했다.

또한 거기서 그치지 않고 정호가 어렵게 골랐던 이번

앨범의 곡들이 〈눈부신 날〉에 이어서 음원 차트 순위에 하나둘 오르기 시작했다.

차트 줄세우기가 시작된 것이다.

'대박 났네……. 이 정도면 미션 완료겠지……?'

전무실에서 정호가 신유나의 솔로 가수 성공을 확신한 지 거의 딱 4개월이 되는 날의 일이었다.

◇ ◆ ◇

또다시 한 달이 순식간에 지나갔다.

─'눈부신 날' 신유나, 자신을 누르고 플럼 월간 차트 1위!

─도저히 막을 수가 없는 신유나의 인기? 복면가왕은 어째서?

─'신유나 열풍!', 다른 밀키웨이 멤버들은 무엇을 하고 있나?

─'밀키웨이' 리더 유미지, 뮤지컬 도전! 연출은 '정지명'

─뮤지컬 〈검은 황태자의 여인〉 주연 확정! 유미지, 다른 길 걷나?

─'유미지가 다시 연기를 한다고?' 머리 위로 떠오르는 물음표

─음악캠핑에서 1위! '눈부신 날', 음악 방송 4관왕!

─'멤버들의 진심 담긴 편지가 힘을 줬다…' 유미지가 다시 연기에 도전한 사연

―퍼피, 나의 퍼피! 신유나 '눈부신 날' 무대의상 연일
화제

―신유나 '눈부신 날'로 국민여동생 등극?

―열풍 '눈부신 날' 신유나, '내 앨범 살 돈으로 미지 언
니 공연 봐도 괜찮아'

곽 전무 옆에서 기사를 읊고 있던 황태준이 모니터 화면
에서 눈을 떼며 말했다.

"여기까지예요, 할아버지."

곽 전무의 손에서 자라다시피 한 황태준은 시간이 날 때
마다 이렇게 곽 전무를 돕곤 했다.

실제로 곽 전무에게 있어서 황태준의 존재는 손자나 다
름없었다.

"그 과장의 이름이 오정호라고 했나?"

"네, 할아버지."

"네 말대로 확실히 제법이더구나."

"제법이라뇨. 그 사람은 인간이 아니라 용이라니까요."

"얼마 전에는 용의 새끼라며."

"다시 보니깐 용이에요. 그 사람이 용이 아니면 누가 용
이겠어요."

"용은 무슨…… 호출해라."

"누구요?"

"누구긴. 전부 다."

총괄매니지먼트부 3팀과 관련된 모든 직원이 곽 전무의 방에 모였다.

이번에는 민봉팔과 김만철도 자리에 함께했다.

맡은 바 업무는 완벽하게 수행하지만 아직 이런 사내 정치에는 익숙하지 않은 두 사람이었다.

그래서 그런지 정 부장은 두 사람을 데려오고 싶어 하는 눈치가 아니었다.

하지만 정호가 적극적으로 민봉팔과 김만철도 상황을 알아야 한다고 어필했다.

정호에게 있어서 민봉팔만큼이나 믿을 수 있는 사람은 없었다.

인간적인 신뢰도 신뢰지만 민봉팔은 이전의 시간에서 정호를 따라다니며 온갖 꼴을 다 봤음에도 불구하고 끝까지 버텼던 유일한 사람이었다.

'한없이 순진하고 유해 보이는 봉팔이지만 할 때는 또 화끈하게 할 줄 아는 게 바로 봉팔이지. 봉팔이를 적극적으로 키워줄 필요가 있어.'

정호가 김만철을 데려오자고 한 것도 민봉팔 위해서였다.

정호 자신도 예상하지 못했을 정도로 두 사람의 호흡이 대단했고 정호는 두 사람의 미래를 긍정적으로 내다보고 있었다.

'두 사람의 호흡이 무척이나 좋아. 아마 미래에는 황금

콤비 같은 것으로 불릴지도 모르겠어.'

그렇게 전원이 합류한 총괄매니지먼트부 3팀의 면면을 살펴보던 곽 전무가 마침내 입을 열었다.

"결과는 확인했네."

단 한마디뿐이었지만 곽 전무의 한마디는 좌중을 압도했다.

곽 전무가 계속해서 말을 이었다.

"성공했다고 인정하고 싶지 않아도 연일 화제에 오르니 그렇게 할 수가 없겠더군."

사람들의 시선이 일제히 정호를 향했다.

경악과 따뜻함, 그리고 자랑스러움이 섞인 시선이었다.

하지만 정호는 시선에는 아랑곳하지 않고 곽 전무의 다음 말을 기다릴 뿐이었다.

'역시나 제법이야……'

곽 전무가 속으로 생각하며 계속 말했다.

"이제 다음 주네. 다음 주면 본격적으로 일이 벌어질 거야."

〈3권에 계속〉